PROTOCOLO REBELDE

PROTOCOLO REBELDE

Diários de um Robô-assassino

MARTHA WELLS

TRADUÇÃO
Laura Pohl

Aleph

Protocolo rebelde

TÍTULO ORIGINAL:
Rogue Protocol

COPIDESQUE:
Diana Passy Yip

REVISÃO:
Ana Bittencourt
Emanoelle Veloso

PROJETO GRÁFICO:
Caíque Gomes

CAPA:
Pedro Fracchetta

ILUSTRAÇÃO:
Pedro Henrique Ferreira (Lambuja)

DADOS INTERNACIONAIS DE CATALOGAÇÃO NA PUBLICAÇÃO (CIP)
DE ACORDO COM ISBD

W453p Wells, Martha
Protocolo rebelde / Martha Wells ; traduzido por Laura Pohl. - São Paulo : Aleph, 2025.
224 p. ; 14cm x 21cm. - (Diários de um Robô-assassino ; v.3)

Tradução de: Rogue Protocol
ISBN: 978-85-7657-765-2

1. Literatura americana. 2. Ficção. 3. Ficção cientifica. 4. Tecnologia.
5. Humor. 6. Espaço. I. Pohl, Laura. II. Título. III. Série.

2025-3466 CDD 813.0876
CDU 821.111(73)-3

ELABORADO POR VAGNER RODOLFO DA SILVA - CRB-8/9410

ÍNDICES PARA CATÁLOGO SISTEMÁTICO:
1. Literatura americana : Ficção 813.0876
2. Literatura americana : Ficção 821.111(73)-3

ESTA OBRA NÃO UTILIZOU INTELIGÊNCIA ARTIFICIAL GENERATIVA EM NENHUMA ETAPA DE SEU PROCESSO EDITORIAL, INCLUINDO TRADUÇÃO, REVISÃO, ILUSTRAÇÕES E CAPA.

Aleph

Rua Bento Freitas, 306 - Conj. 71 - São Paulo/SP
CEP 01220-000 • TEL 11 3743-3202
www.editoraaleph.com.br

PROTOCOLO REBELDE

1

TENHO O MAIOR AZAR COM transportes dirigidos por bots.

O primeiro que conheci tinha me deixado embarcar como passageiro clandestino em troca de minha coleção de mídias, sem outras expectativas — e ele estava tão focado em cumprir sua função que a comunicação entre nós não tinha ido muito além das trocas básicas que você teria com qualquer robô transportador. Pude ficar sozinho com a minha biblioteca de mídias a viagem inteira, bem como eu gosto. Isso tinha me feito acreditar que todos os robôs de transporte seriam assim, expectativa errada.

Depois, o Transporte Exploratório Desgraçado apareceu. A designação oficial de TED era "veículo de pesquisa de longo alcance". Em diferentes momentos de nosso relacionamento,

TED tinha: ameaçado me matar, assistido às minhas séries favoritas comigo, feito uma mudança em minha configuração corpórea, providenciado excelente apoio estratégico, me convencido a fingir ser um humano modificado trabalhando como consultor de segurança, salvado a vida de meus clientes e limpado a bagunça quando precisei assassinar alguns humanos. (Eram humanos ruins.) Eu estava com saudade de TED.

E então, havia o transporte atual.

Também operado por um bot, não era tripulado, mas tinha passageiros — na maior parte trabalhadores do setor de tecnologia com habilidades mínimas a moderadas, humanos e humanos modificados, indo e vindo de estações de trânsito por conta de contratos de trabalho temporários. Não era a situação ideal para mim, mas era o único veículo que ia na direção correta.

Assim como todos os bots de transporte que não eram TED, o atual se comunicava através de imagens e tinha permitido que eu embarcasse em troca de uma cópia das minhas mídias armazenadas. Já que a lista de passageiros da nave ficava exposta no feed do transporte e, portanto, estava disponível para outros passageiros, pedi que ele me listasse apenas enquanto durasse a viagem. O formulário tinha um campo para a profissão dos passageiros, e, em um momento de fraqueza, eu disse que era especialista em segurança.

O transporte decidiu que isso significava que poderia me usar como segurança de bordo e começou a me alertar sobre problemas entre os passageiros. Então eu fui um imbecil e comecei a responder. É, também não sei o porquê. Talvez porque eu tenha sido construído para executar essa função e devia haver algo escrito no DNA que controla minhas partes orgânicas. (Deveria existir um código de erro que significasse "recebi sua solicitação, mas decidi ignorar".)

A princípio, tinha sido bem fácil. ("Se incomodar essa mulher mais uma vez, vou quebrar todos os ossos da sua mão e do seu braço, um por um. Esse processo vai levar aproximadamente uma hora.") As coisas tinham começado a se complicar quando até os passageiros que gostavam uns dos outros passaram a brigar entre si. Gastei muito tempo (tempo valioso, que eu poderia ter usado para assistir/ler minhas mídias de entretenimentos salvas) sendo o juiz de discussões para as quais eu estava pouco me lixando.

Agora estávamos no último ciclo da viagem — de alguma forma, todos tinham conseguido sobreviver —, e eu estava indo em direção ao compartimento de refeitório para separar mais uma briga entre humanos idiotas.

O transporte não tinha drones, mas tinha uma gama limitada de câmeras de segurança, então eu sabia da posição de todos na área da cozinha/refeitório antes de a porta se abrir. Entrei na sala, atravessando o labirinto de humanos aos gritos e mesas e cadeiras reviradas, e me posicionei entre os dois combatentes. Um deles empunhava um utensílio de cozinha como arma, e, em um movimento cuidadoso, sem arrancar nenhum dedo, eu o tomei.

Era de se pensar que ver a pessoa que eles consideravam responsável pela segurança aparecendo do nada e desarmando um deles faria com que todo mundo parasse e reavaliasse as prioridades naquela situação, mas ah, ledo engano. Eles cambalearam para trás, ainda trocando insultos entre si. Os outros na sala, que estavam gritando profanidades aos combatentes, decidiram gritar comigo, todos tentando me contar versões diferentes do que tinha acontecido ali.

— Calem a boca! — gritei.

(A parte boa de fingir ser um humano modificado especialista em segurança em vez de uma UniSeg é que você pode mandar os humanos calarem a boca.)

Todo mundo calou a boca.

Então, ainda respirando com dificuldade, Ayres disse:

— Especialista Rin, pensei que tinha dito que não queria ter que voltar aqui...

O outro, Elbik, estava apontando de forma dramática.

— Especialista Rin, ele disse que iria...

Eu dissera ao Transporte para me adicionar à lista de passageiros como Rin, embora tivesse usado o nome Eden em RaviHyral. Eu tinha quase certeza de que a segurança do aro de trânsito em RaviHyral não tinha motivos para associar aquela identidade a qualquer morte súbita que tenha acontecido em uma nave particular, e, mesmo que tivesse, não perseguiriam ninguém além de sua jurisdição a não ser que tivessem um contrato. Porém, pareceu melhor usar outro nome.

Os outros, começando a sair às pressas de trás das mesas e barricadas de cadeiras improvisadas, tentaram opinar, e então houve mais dedos apontados e gritos. Era tão típico. (Se não fosse pelas séries que eu baixava no canal de entretenimento, ficaria achando que o único jeito de os humanos se comunicarem era apontando dedos e gritando.)

A jornada que objetivamente levara 26 ciclos parecia ter durado 230, no mínimo. Eu tinha tentado distraí-los, adicionando uma cópia de toda a minha mídia visual ao sistema público do Transporte, para que pudesse ser vista em todas as superfícies de display, o que ao menos reduzira a frequência de choro (entre crianças e adultos). E tudo bem que as brigas tinham diminuído drasticamente depois da primeira vez que prendi alguém contra a parede usando uma mão só e estabeleci algumas regras simples. (Regra Número 1: não toquem em Rin, Especialista em Segurança.) Mas, mesmo assim, continuava acontecendo de eu ter que ficar parado ali, ouvindo todos os problemas e queixas que tinham uns contra os outros, contra diversas empresas que tinham fodido a vida deles (nem me fale) e contra a existência no geral. Sim, escutar tudo isso era excruciante.

Dessa vez, eu disse:

— Não estou nem aí.

Todo mundo calou a boca outra vez.

— Nós temos, no máximo, seis horas até o transporte atracar — continuei. — Depois disso, vocês podem fazer o que quiserem uns com os outros.

Não funcionou, eles ainda precisavam me contar o motivo da última briga. (Não me lembro qual era, deletei da memória assim que consegui sair da sala.)

Todos eram humanos profundamente inadequados e irritantes, mas eu não queria matar nenhum deles. Ok, talvez quisesse um pouquinho.

O trabalho de uma UniSeg é proteger seus clientes de qualquer coisa que queira matá-los ou machucá-los, e gentilmente desencorajá-los de matar, mutilar etc., uns aos outros. O motivo de os clientes estarem tentando matar, mutilar etc., uns aos outros não era problema de uma UniSeg. O supervisor dos humanos é que deveria lidar com isso. (Ou ignorar propositalmente até o projeto todo virar uma zona gigantesca e sua UniSeg começar a rezar pelo doce alívio de uma descompressão acidental crítica, não que eu esteja falando por experiência própria nem nada.)

Porém, ali naquele transporte, não havia um supervisor. Só eu. E eu sabia para onde estavam indo, e eles sabiam para onde estavam indo, mesmo que estivessem fingindo que toda sua raiva e frustração fosse causada por Vinigo ou Eva comendo um pacotinho extra de frutas artificiais. Então eu escutava bastante e fingia que faria investigações intensas sobre incidentes como um pacote vazio de biscoito deixado na pia do banheiro do refeitório.

Eles estavam indo para uma instalação operária em algum mundo de merda. Ayres contara que todos eles tinham feito um contrato de trabalho de vinte anos, em troca de um grande salário ao final. Ele sabia que era um negócio terrível, mas era melhor do que as outras opções. O contrato de trabalho incluía moradia, mas cobrava uma porcentagem em cima de todo o resto, como a comida consumida, energia utilizada e quaisquer cuidados médicos, incluindo os preventivos.

(Eu sei. Ratthi dissera que usar construtos era escravidão, mas ao menos eu nunca precisara pagar a empresa pelo meu conserto, manutenção, munição e armadura. É claro que ninguém tinha me perguntado se eu queria ser uma UniSeg, mas essa é uma metáfora completamente diferente.)

(Lembrete para mim mesmo: pesquisar qual é a definição de metáfora.)

Eu perguntara a Ayres se os vinte anos seriam calculados de acordo com o calendário planetário, o calendário proprietário da corporação que comandava o planeta, o Padrão Recomendado pela Orla Corporativista, ou o quê? Ele não sabia e não tinha entendido por que isso seria relevante.

É, era por isso que eu estava tentando não me apegar a nenhum deles.

Eu nunca teria escolhido esse transporte se tivesse outra opção, mas era o único que me levaria à estação de trânsito que serviria de conexão ao meu próximo destino. Estava tentando chegar a um lugar chamado Milu, que ficava fora da Orla Corporativista.

Tomei essa decisão depois que saí de RaviHyral. A princípio, precisara sair rápido de lá e colocar o máximo de distância possível entre o aro de trânsito e eu. (Como mencionado anteriormente: humanos assassinados.) Eu tinha entrado no primeiro transporte de carga amigável e, depois de uma viagem de sete ciclos, desembarcara em um centro de trânsito lotado, o que tinha sido bom, porque era fácil me perder em multidões, e ruim, porque havia humanos e humanos modificados em toda parte, à minha volta, olhando para mim, o que tinha sido um inferno. (Depois de conhecer Ayres e os outros, obviamente minha definição de inferno foi atualizada.)

E também sentia falta de TED e até de Tapan, Maro e Rami. Se cuidar de humanos fosse inevitável, era melhor cuidar dos pequenos e inofensivos que eram legais com você e pensavam que você era ótimo porque continuamente os impedia de serem assassinados. (Eles só gostavam de mim porque pensavam que eu era um humano modificado, mas não se pode ter tudo.)

Depois de RaviHyral, eu tinha decidido parar de enrolar e sair da Orla Corporativista, mas ainda precisava planejar minha rota. Os cronogramas e feeds dos quais eu precisava não estavam acessíveis no transporte, mas, quando atracamos, fui inundado por informações, e precisei de um tempo para repassar tudo. Além do mais, eu estava na estação havia 22 minutos e já precisava desesperadamente passar um tempo sozinho. Então, entrei em um centro de serviço automatizado e usei um pouco do dinheiro do meu novo cartão monetário para pagar por um cubículo de descanso particular. O espaço dava apenas para eu me deitar junto da mochila, e era parecido o suficiente com uma caixa de transporte para ser vagamente reconfortante. Eu já tinha passado muito tempo sozinho dentro de caixas, sendo transportado como carga aos contratos. Pensei que um humano precisaria estar exausto para descansar aqui sem começar a gritar.

Depois de me acomodar, verifiquei os feeds da estação em busca de atualizações de noticiário sobre DeltFall e GrayCris. Encontrei uma história quase que de imediato. Ações judiciais estavam sendo tomadas, depoimentos estavam em progresso e por aí vai. Nenhuma grande mudança parecia ter acontecido desde que tinha saído de RaviHyral, o que era frustrante. Aquela UniSeg irritante sobre a qual ninguém queria falar ainda não havia sido localizada, o que era bom para mim. Era difícil dizer se os jornalistas achavam que alguém estava me escondendo ou não. Não pareciam querer examinar a possibilidade de eu ter ido embora sozinho. Então, encontrei uma entrevista com a dra. Mensah, postada há seis ciclos.

Foi inesperadamente bom vê-la outra vez. Aumentei o zoom para olhar melhor e achei que ela parecia cansada. Pelo fundo do vídeo, não sabia dizer onde ela estava, e uma rápida avaliação do conteúdo da entrevista também não me deu respostas. Torcia para que ela estivesse de volta à Preservação; se ainda estivesse em Porto ComércioLivre, esperava que tivessem contratado segurança decente. No entanto, sabendo como ela se sentia sobre UniSegs (aquela história de "é escravidão" e tal), eu duvidava muito. Mesmo sem um SysMed no meu feed, consegui identificar mudanças na pele ao redor dos olhos que indicavam que sua falta de sono era quase crônica.

Fiquei um pouco culpado. Meio que. Quase. Alguma coisa estava errada, e eu torcia para que o problema não fosse eu. Não era culpa dela que eu tivesse fugido, e esperava que não estivessem tentando responsabilizá-la por, sabe, soltar uma UniSeg rebelde com histórico de assassinato em massa em meio à população desavisada. Tudo bem que essa nunca tinha sido a intenção dela. Ela queria me enviar para a casa dela, para a Preservação, onde ela teria, sei lá, começado um processo civilizatório em mim, ou me educado, ou algo do tipo. Eu não sabia muito bem os detalhes. A única coisa que eu sabia com toda a certeza é que UniSegs não eram necessárias em Preservação, e a ideia deles de uma UniSeg ser considerada um agente livre significava que eu teria um "guardião" humano. (Em outros lugares, só chamavam de dono mesmo.)

Revisei o conteúdo outra vez. A investigação a respeito de GrayCris conduzida pelas agências de notícias estava trazendo à tona outros incidentes, o que sugeria que o ataque em DeltFall era mais do mesmo para eles, e não uma aberração. (Imagine minha cara de surpresa.) Havia muito tempo GrayCris colecionava reclamações sobre contratos suspeitos e acordos de exclusividade em diversos lugares — incluindo um projeto de terraformação em potencial fora da Orla Corporativista que fora abandonado, embora ninguém soubesse o motivo. Foder um planeta, ou até parte de um planeta, sem motivo algum deveria ser um problemão, e fiquei surpreso de terem conseguido se safar dessa. Ok, beleza, não fiquei surpreso.

O jornalista perguntou à dra. Mensah sobre essa questão, e ela respondeu:

— Depois do que vi de GrayCris, pretendo pedir ao Conselho da Preservação para que apoie o pedido formal de investigação sobre a situação em Milu. Uma tentativa fracassada de terraformação é um desperdício trágico tanto de recursos quanto da superfície natural de um planeta, mas GrayCris se recusou a dar explicações sobre suas ações.

O jornalista incluíra um informativo junto da declaração de Mensah, com um comentário sobre uma pequena empresa de fora da Orla Corporativista que recentemente entrara com um pedido para tomar posse do projeto abandonado de terraformação de GrayCris. Tinham acabado de instalar raios de tração automatizados para impedir que a instalação abandonada se soltasse na atmosfera, e, supostamente, deveriam começar as avaliações em breve. O comentário, então, adotava um tom superdramático, questionando o que o time de avaliação encontraria no local.

Fiquei deitado ali, passando pelos feeds e cronogramas, e decidi que tinha um bom palpite sobre o que o time de avaliação iria encontrar.

O motivo de eu estar perambulando por aí livre e de dra. Mensah estar no noticiário era porque GrayCris estivera disposta a matar um bando de pesquisadores humanos desarmados para ter acesso exclusivo a vestígios alienígenas, aos restos minerais e possivelmente biológicos de uma civilização alienígena senciente que estavam no solo da nossa área de estudo. Eu sabia muito mais sobre o assunto agora, depois de escutar Tapan e as outras falarem sobre o programa que desenvolveram para identificar sintéticos estranhos, e porque eu baixara um livro e o lera entre os episódios das minhas séries. Havia um monte de acordos entre entidades políticas e corporativas, dentro e fora da Orla Corporativista, a respeito de vestígios alienígenas. Basicamente, não era para ninguém tocar neles sem uma montanha de certificados especiais, e talvez nem assim.

No momento em que saí de Porto Comércio-Livre, a teoria em voga era que GrayCris queria acesso desimpedido a esses vestígios. Supostamente, GrayCris teria montado uma operação de mineração para construir uma colônia ou algum outro tipo de projeto gigantesco para servir de disfarce enquanto recuperavam e estudavam os vestígios.

E se a instalação de terraformação em Milu fosse só outro disfarce bem-sucedido para uma operação de detecção e extração de vestígios alienígenas, sintéticos estranhos ou as duas coisas? Talvez GrayCris tenha terminado a coleta e então fingido abandonar a terraformação que na verdade nunca tinha começado. A instalação abandonada se desmontaria na atmosfera depois de um tempo, levando todas as evidências.

Se a dra. Mensah tivesse provas disso, a investigação contra GrayCris ficaria bem mais interessante. Talvez tão interessante que os jornalistas acabassem se esquecendo da UniSeg perdida. E então, a dra. Mensah não precisaria mais ficar em Porto ComércioLivre e poderia voltar para a Preservação, onde era seguro e eu poderia parar de me preocupar com ela.

Conseguir provas não seria muito difícil. Humanos sempre acham que cobriram todos os rastros e deletaram todos os dados, mas frequentemente estão errados. Então... talvez eu devesse fazer isso. Poderia ir até Milu e enviar todos os dados que eu coletasse para a dra. Mensah, ou para onde ela estivesse ficando em Porto ComércioLivre, ou para sua casa em Preservação.

Voltei ao feed central e procurei por transportes a caminho de Milu, mas não havia nenhum listado no cronograma público daquela estação de trânsito. Expandi a busca, verificando conexões com outras estações. Tudo que consegui encontrar foi um informativo antigo, de quarenta ciclos atrás, quando foi noticiado que as instalações de terraformação haviam sido declaradas abandonadas depois de a estação de trânsito local ter registrado um período longo de inatividade. O informativo dizia que as rotas de carga para Milu haviam sido suspensas, todas exceto por uma que partia de HaveRatton — uma estação que ficava no limite da Orla Corporativista. Não encontrei nenhuma informação recente sobre transportes para Milu partindo de HaveRatton, exceto por alguns relatos vagos de que a rota existira em algum momento.

Talvez não fosse possível chegar a Milu sem uma nave própria, e isso não iria acontecer. Tenho um módulo de treino instalado para ortópteros e outras aeronaves planetárias, mas não para naves de transporte ou algo do tipo. Precisaria roubar um veículo que tivesse um bot piloto, e isso seria complicado demais, até para mim.

Porém HaveRatton era uma estação central para transportes que saíam da Orla Corporativista, e eu poderia escolher centenas de destinos a partir dali. Então, mesmo que meu plano de ir até Milu fosse dar em nada, a viagem ainda não seria um desperdício.

O transporte seguinte que partiria para HaveRatton estava listado como carga e passageiros, e foi assim que acabei com Ayres e aquele bando de idiotas presos em um contrato de trabalho.

Depois de apartar a última briga no refeitório e tentar encerrar minha breve carreira como terapeuta de relacionamentos para humanos desesperados, fui me esconder no meu beliche. Quando passamos pelo buraco de minhoca e começamos a nos aproximar de HaveRatton, abri o feed da estação.

Precisava obter o cronograma o mais rápido possível e também estava ansioso para baixar novas mídias. A série que eu estava assistindo tinha começado bem, mas depois ficou irritante. Era sobre um grupo de análise pré-terraformação (em um planeta com perfil completamente errado para terraformação, mas eu não me importava com essa parte) que acabava tendo que lutar pela própria sobrevivência contra a fauna hostil e invasores mutantes. Só que os humanos eram indefesos demais para deixar a história interessante e estavam todos morrendo. Dava para ver que a trama estava se encaminhando para um final deprimente, e eu não estava a fim. Era mais irritante ainda porque eu sabia que a adição de uma UniSeg heroica e talvez de alguns vestígios alienígenas interessantes teriam transformado a história em uma ótima aventura.

Além do mais, a companhia seguradora desse grupo de análise nunca teria aprovado o contrato sem algum tipo de segurança profissional. Isso era inverossímil. UniSegs heroicas também eram inverossímeis, mas, como eu disse para TED, existe um tipo certo e um errado de fuga da realidade na ficção.

Eu tinha parado de assistir quando os mutantes arrastaram o biólogo do grupo para servir de comida. Sério, esse era exatamente o tipo de situação que eu tinha sido projetado para impedir.

Lembrar o destino provável dos passageiros do Transporte me desanimou também. Eu não queria ver humanos indefesos. Preferia ver humanos inteligentes resgatando uns aos outros.

Analisei os índices de informações disponíveis e então comecei a fazer novos downloads. Depois consultei os cronogramas e o guia de transporte em busca de meios de chegar a Milu.

Não encontrei nada naquele ciclo, nada no seguinte. Nem mesmo depois de expandir a busca para um período de trinta ciclos. Bom, talvez fosse um problema.

Eu passara muito tempo pensando no meu plano entre as rodadas de brigas de passageiros e odiava a ideia de desistir agora. Eu queria muito acabar com a GrayCris e, se não pudesse fazer isso com projéteis explosivos, aquela era a melhor alternativa. Talvez os cronogramas não tivessem sido atualizados; não dá para confiar nadinha em humanos quando se trata de manutenção de dados. Enquanto diminuíamos a velocidade para a aproximação final e a atracagem, fiz uma busca no catálogo de destinos públicos da estação e sim, Milu estava listada. Como sempre, uma empresa independente operava a estação de trânsito, então estava classificada como ativa mesmo depois de a instalação ter sido abandonada. A população da estação variava, e tinha no máximo cem pessoas.

A variação era uma coisa boa, já que significava que havia poucos residentes permanentes; as pessoas iam e vinham com frequência. Porém menos de cem era ruim. Mesmo se conseguisse chegar lá, sem um motivo legítimo para minha presença, eu precisaria tomar cuidado para que ninguém me visse.

TED tinha alterado minha configuração para que as varreduras não me identificassem como UniSeg, e eu escrevera um pouco de código para mim mesmo para garantir que me comportasse mais como um humano ou um humano modificado. (Deixando os movimentos e a respiração mais aleatórios.) No entanto, precisava evitar outras UniSegs, e era melhor evitar humanos que já tivessem visto UniSegs sem armaduras (como funcionários do centro de despacho). GrayCris trabalhava com UniSegs na Orla Corporativista e talvez tenha usado algumas em Milu também. Supostamente,

GrayCris deveria ter removido qualquer escritório da estação quando deram a instalação por abandonada, mas os humanos que ainda estavam lá poderiam ter visto as UniSegs. Era um risco calculado, o que significava que eu ia seguir em frente mesmo sabendo que poderia ser o equivalente a dar um tiro no meu próprio joelho.

Eu poderia ter simplesmente desistido. Havia transportes partindo para destinos afastados do território Corporativista, destinos sobre os quais eu não sabia nada. Só que eu estava cansado de fingir ser um humano. Eu precisava de um descanso.

Fiz uma busca no cronograma de naves particulares e não vi nenhuma que iria para Milu. Porém havia diversas naves menores programadas para saírem no próximo ciclo sem nenhum destino listado. Uma delas era uma nave de carga pilotada por bot grande o bastante para carregar suprimentos para cerca de cem ou cento e cinquenta humanos, para cento e poucos ciclos. Verifiquei o histórico na base de informações e vi que partia e voltava em intervalos regulares. Poderia ser um fornecedor particular contratado para enviar suprimentos à estação de Milu, e não estava listado no cronograma porque não queriam que nenhum humano aleatório fosse até lá até que toda a questão da instalação de terraformação fosse resolvida.

O veículo de carga, na verdade, estava programado para partir dezoito ciclos atrás, mas tinha solicitado um adiamento. Seis transportes de tamanhos e pontos de origem variados estavam chegando a HaveRatton no mesmo dia que meu transporte. A nave de suprimentos poderia estar aguardando um desses, caso tivesse uma pendência na carga solicitada. Talvez estivesse passando por reparos.

Para descobrir mais, eu precisaria perguntar pessoalmente.

2

ASSIM QUE O TRANSPORTE COMPLETOU os protocolos de atracagem, saí da cama, peguei a mochila (tinha algumas coisas dentro dela, mas no geral era só para me parecer mais com um viajante humano) e usei um atalho por um túnel de manutenção até a escotilha de passageiros. Os outros sairiam pela escotilha de carga, em um módulo de transporte que uma grua rebocaria até a nave que os levaria para sua nova casa. Aquilo fora anunciado como uma conveniência para os passageiros, mas a verdade é que o contratante não iria querer que eles andassem pela estação, onde poderiam mudar de ideia e fugir.

Eu não queria me despedir deles. Não tinha como salvar esse tanto de humanos do lugar para onde estavam indo, de onde pensavam que queriam ir, mas eu também não precisava ficar lá e assistir.

Mas dei tchau para o Transporte, que me deixou sair pela escotilha e então deletou o registro de minha presença de seus arquivos. Deu para sentir que ele estava triste de me ver indo embora, mas aquela não era uma viagem que eu estava ansioso para repetir.

A essa altura eu tinha prática em hackear diferentes sistemas centrais e de segurança, então foi bem menos estressante passar pelas verificações de armamento. UniSegs são projetadas para serem componentes móveis de um sistema de segurança, e compatíveis com qualquer tipo de SysSeg, para que a empresa possa nos alugar para o maior número de clientes possível, mesmo aqueles que possuam equipamento proprietário. O truque para hackear um SysSeg é fazê-lo pensar que você deveria estar ali, e a empresa generosamente providenciou todo o código necessário para que eu fizesse isso. Prática e sustos tinham me tornado bom em alterar o código no improviso.

Parei no aro comercial, em um quiosque automatizado que vendia interfaces de feed para humanos não modificados, superfícies de display portáteis e chips de memória. Os chips eram para armazenagem de dados extras, e cada um tinha o tamanho da ponta de um dedo. Eram usados por humanos que precisavam instalar sistemas novos ou viajar para lugares que não tinham feed, ou que queriam armazenar dados em algum lugar que não poderia ser lido através do feed. (Apesar dos SysSegs da empresa darem um jeito de lê-los; às vezes os clientes tentavam esconder dados proprietários neles.) Comprei um kit de chips com meu cartão monetário. (Vi que ainda tinha bastante dinheiro nele; Tapan e os outros deviam ter me pagado uma boa quantia.)

As docas particulares nunca eram tão movimentadas quanto as públicas, poucos humanos entravam e saiam, mas diversos robôs-transportadores moviam carga. Fiz uma varredura à procura de drones enquanto atravessava a zona de embarque e encontrei apenas dois para monitorar toda a atividade dos transportadores. Achei a escotilha da nave de suprimentos e enviei um *ping* para ver se alguém estava em casa. O bot piloto respondeu.

Era um bot de categoria inferior, seu parco desenvolvimento não permitia que ficasse entediado nas docas, nem interessado na ideia de ter algo para fazer. Como os outros robôs de transporte que eu tinha encontrado (TED era uma exceção), ele se comunicava através de imagens. Sim, era uma nave de suprimentos. Sim, ele iria para Milu, sempre ia a Milu, seguindo um cronograma de 47 ciclos. Ele tinha recebido uma atualização do controle de trânsito ordenando que adiasse a partida, mas esperava receber autorização para zarpar nos próximos dois ciclos. Era como interagir com um vídeo informativo para viajantes.

Ainda assim, achei que tinha dado sorte pelo menos uma vez na vida.

Fiz com que o bot pensasse que eu tinha recebido autorização da Autoridade Portuária e pedi para que me deixasse embarcar, ele concordou. Então, gentilmente apaguei minha entrada de sua memória. No que lhe dizia respeito, eu sempre estivera a bordo. Eu não gostava de fazer isso; preferia negociar com os bots pilotos. Só que esse era tão limitado que fiquei receoso de que fosse incapaz de fazer um acordo e se ater a ele. Não queria correr o risco de que informasse à Autoridade Portuária sobre a minha presença por ser incapaz de entender o motivo de isso ser uma má ideia.

Segui por um corredor curto até a área principal e encontrei a passagem para o compartimento de carga e suprimentos. Era pequeno, tinha apenas um painel de controle que anexava ou removia os dois módulos de carga e armários para suprimentos de bordo. Os dois módulos já estavam anexados, então, se a nave estava esperando por alguma carga, um deles precisaria ser removido e reanexado. Só que isso provavelmente não me afetaria, considerando o desenho da área da tripulação.

Usei o tempo que tinha para explorar os arredores, em grande parte porque eu estava um pouco ansioso e fazer patrulha ainda era um hábito. Os drones de reparo da nave me seguiram, atraídos por um corpo que andava onde não deveria haver movimento nenhum, mas, sem receberem ordens da Nave, não me incomodaram. Não havia cabines particulares, apenas algumas camas montadas no anteparo do deque de controle ao lado da cabine do piloto, e duas outras em cubículos atrás da estação de carga, ao lado do SysMed de emergências e de um minúsculo cubículo, que era o banheiro. Eu não precisava dele, e seria um alívio não ter que fingir usá-lo com frequência suficiente para parecer humano. Mas eu estava me acostumando a ter acesso a um chuveiro humano. As acomodações eram luxuosas em comparação com as salas de preparo de segurança da empresa. Eu me acomodei em uma das camas ao lado do deque de controle e comecei a organizar minhas novas mídias.

(Ok, eu deveria ter me dado conta que os lençóis e outros suprimentos que vi em um dos armários provavelmente estavam lá por um motivo.)

Depois de abrir e descartar algumas séries recém-baixadas, comecei o primeiro episódio de uma que parecia promissora. A história se passava em um mundo alternativo com magia e armas falantes inverossímeis. (Inverossímeis porque eu era uma arma falante e sabia como as pessoas se sentiam sobre mim.)

Umas vinte e poucas horas depois, ainda estava assistindo a série e curtindo minhas férias livres de humanos. Por sorte, quando o sistema de suporte de vida foi ativado, senti a pressão do ar aumentar. (Não preciso de muito ar e sempre posso entrar em modo de hibernação se eu ficar sem, então a atmosfera mínima de transportes automatizados é tranquila para mim.)

Dei pause na série e me sentei. Cutuquei o bot piloto e perguntei se alguém estava subindo a bordo. Sim, dois passageiros estavam entrando, e a nave recebera uma atualização da autoridade de trânsito avisando que agora tinha permissão para solicitar um horário de partida.

Mais um daqueles momentos de “puta merda”.

Eu já tinha explorado a nave, ao menos, então tinha alguns lugares em mente. Pulei da cama, me lembrei de pegar a mochila e então desci pela passagem vertical até a área principal. Atravessei e peguei o corredor até a área de carga. Escolhi o armário menos acessível e então realoquei o conteúdo para que eu pudesse me espremer nos fundos, com os pacotes de suprimento me escondendo. Eu me conectei ao bot piloto outra vez e o lembrei de que eu deveria estar aqui e de que não havia necessidade de mencionar isso a mais ninguém, inclusive aos passageiros e à Autoridade Portuária. A nave não tinha câmeras de segurança (transportes que não são controlados por entidades políticas corporativas raramente têm), mas tinha os drones. Com o sensores dos drones, eu tinha uma boa visão de todos os compartimentos internos, bastava filtrar todos os dados de manutenção desnecessários.

Dezesseis minutos depois, a escotilha se abriu e duas passageiras entraram a bordo. Duas humanas modificadas trazendo mochilas e algumas caixas que reconheci de imediato. Equipamento de combate, incluindo armadura e armas.

Hum... era mais comum usar bots para combate do que humanos, pelo mesmo motivo de usarem UniSegs em contratos de segurança: se um robô desobedecer uma ordem, o cérebro dele frita na hora. Porém havia tratados entre corporações e outras entidades políticas sobre o uso de robôs de combate. (Embora aparentemente todo mundo desse um jeito de contornar isso — era um enredo bem comum em algumas séries feitas fora da Orla Corporativista.)

Fiquei escutando através dos drones e do feed da Nave, mas as duas humanas não falavam muito e só trocaram comentários ocasionais enquanto guardavam o equipamento. Pela assinatura do feed, sabia que seus nomes eram Wilken e Gerth. Era esperar demais que conversassem sobre o motivo de estarem indo para Milu, mas havia outros jeitos de descobrir.

Como uma UniSeg, grande parte da minha função era ajudar a empresa a gravar tudo que meus clientes fizessem e dissessem, para que pudessem coletar dados e vender qualquer coisa que valesse a pena depois. (O ditado diz que uma boa segurança tem seu preço, e a empresa levava isso ao pé da letra.) A maior parte das gravações é só lixo que acaba sendo deletado, mas precisam ser avaliadas primeiro, salvando os pedaços bons. Normalmente, isso é feito em conjunto com um SysSeg, mas consigo fazer sozinho e ainda tenho os códigos necessários. Estava ocupando um espaço de armazenamento que poderia ter sido usado para mídia, mas também era algo que eu não poderia substituir do nada.

Enquanto as duas humanas pegavam alguns suprimentos no armário onde eu não estava e se acomodavam, reajustei o código dos drones para que começassem a gravar. Assim que eu tivesse coletado dados o suficiente, poderia deixar uma análise rodando em segundo plano.

Quando a Nave desengatou das travas e começou a viagem em direção a Milu, eu já estava assistindo à minha nova série de novo.

A viagem até Milu levou vinte ciclos, medidos pelo tempo local da Nave.

Eu não tinha achado que aquilo ia me incomodar. Já estive em caixas de transporte e cubículos por muito mais tempo e fiz muitas dessas viagens antes de hackear meu módulo regulador e começar a baixar mídias. Só que eu não estava mais acostumado a viajar como carga, mesmo com novas séries, seriados e centenas de livros. O tubo de descanso de trânsito não tinha me incomodado, e passei outras três viagens, inclusive a que fiz com TED, sem me mexer na maior parte do tempo. Não sabia qual era a diferença. Ok, talvez eu soubesse: em todos esses outros casos, eu tinha a escolha de me mexer sempre que quisesse.

Que seja. Foi um alívio quanto a Nave reportou que estávamos nos aproximando de Milu. Dois minutos depois, percebi que conseguia acessar o feed da estação, mas não havia nada nele. Normalmente, o canal tem informações de partidas e atracagens, possíveis riscos de navegação, notícias para viajantes e esse tipo de coisa, mas ali não tinha nada. Verifiquei com a Nave, que relatou que não havia outros transportes se aproximando, mas que isso correspondia com suas experiências prévias ao atracar nessa estação em particular. (Eu tinha assistido uma série sobre uma estação desativada e assombrada e ok, era meio improvável, mas era melhor garantir.)

O silêncio era estranhamente assustador. A estação tinha formato de triângulo e era menor do que RaviHyral. A varredura mostrou duas naves atracadas e alguns transportes menores, uma fração de sua capacidade.

A Nave tinha iniciado seu modo de atracagem quando finalmente escutei alguma coisa no feed. A mensagem de boas-vindas parecia normal, mas o índice de informações da estação parecia estar congelado. Havia uma lista de empresas e serviços, mas cada item fora atualizado com um aviso de fechado/inativo. Então talvez a estação não fosse assombrada, mas estava muito perto de estar morta/desativada.

Enquanto eu esperava a Nave terminar de atracar, verifiquei os resultados da minha análise. Wilken e Gerth eram consultoras de segurança e iriam trabalhar com um grupo de pesquisa focado em apuração de fatos que fora contratado por um grupo chamado SondaBoaNoite Independente. O grupo SI tinha aberto um protocolo com os indícios de abandono na instalação de terraformação de GrayCris e ativado o raio de tração para protegê-la de desintegração, e agora estavam começando o processo para formalizar a posse. A tarefa do grupo de pesquisa era entrar na instalação e fazer um relatório sobre as condições.

Esse era exatamente o tipo de contrato para o qual empresas seguradoras providenciariam UniSegs, o tipo de contrato que eu tinha feito mais vezes do que ainda tinha registrado na minha memória. Porém, pelas conversas entre Wilken e Gerth nos últimos vinte ciclos, estava claro que não havia nenhuma empresa seguradora ou UniSegs envolvidas. Tentei não levar isso para o pessoal.

(Se houvesse uma empresa seguradora e UniSegs, eu precisaria abortar esse... essa coisa que eu estava fazendo. As mudanças na minha configuração enganam varreduras, mas não enganariam outra UniSeg, e qualquer outra Unidade que me detectasse me reportaria ao SysCentral imediatamente. Eu com certeza me reportaria. UniSegs Rebeldes são perigosas para caralho, confie em mim.)

Enquanto eu esperava a Nave terminar os procedimentos de atracagem, supus que a barulheira do processo disfarçaria o ruído de pequenos movimentos. Peguei a mochila e a virei, abri a pele do braço direito onde ficava a abertura da minha arma de energia e inseri todos os chips de memória que tinha comprado. Parecia esquisito e volumoso, mas eu me acostumaria. Pretendia deixar a mochila aqui no armário.

Nós atracamos, e Wilken e Gerth juntaram seu equipamento, saíram pela escotilha e entraram na estação. Enquanto eu saía do armário, usei o feed público para hackear o sistema de segurança da estação. A maior parte das câmeras estava inativa, e os sensores estavam fazendo varreduras apenas para detectar danos ou violações de segurança no ambiente. Estavam mais preocupados com falhas de equipamento do que com tentativas de sabotagem e roubo, mas talvez fosse porque não havia muitas pessoas ali.

Assim que reorganizei o armário e me certifiquei de que não tinha deixado vestígios da minha presença, dei uma fuxicada para ver se os humanos tinham deixado algo para trás. Sem sorte. Hesitei, avaliando os drones da Nave. Sem muitas câmeras para me ajudar, seria bom ter drones. Porém os drones de reparo eram muito maiores do que os que eu estava acostumado, por conta dos bracinhos e das pinças que precisavam para fazer manutenção. Decidi que privar a Nave dos drones não valia a pena.

Apesar disso, fiz alguns outros ajustes. Fiz a Nave se classificar no cronograma das docas como "em manutenção" e com que pensasse que precisava da minha autorização para ir embora. Já que a Nave fazia a própria manutenção e a empresa proprietária sequer tinha um quiosque naquela estação, achei que ninguém se importaria de verificar seu status desde que não atrasasse mais do que alguns ciclos no cronograma. Considerando as poucas naves atracadas, eu não queria correr o risco de ficar preso ali.

Quando passei pela escotilha da Nave, a área de embarque estava vazia. A falta de iluminação adequada criava muitas sombras e mesmo assim não disfarçava os arranhões e manchas nos grandes painéis do chão. Uma embalagem de comida solitária voava à deriva com a brisa do circulador de ar, indicando que nem os bots de limpeza estavam funcionando. Não havia drones ou robôs transportadores. Havia duas empilhadeiras grandes pilotadas por bot que estavam retirando os módulos de carga da Nave para serem transferidos, e fiquei feliz de conseguir ouvi-las fazendo ruídos e enviando dados uma para a outra no feed silencioso da estação. Eu não gosto de andar por corredores lotados de humanos me encarando e fazendo contato visual, mas, estranhamente, o oposto era igualmente sinistro.

Encontrei Gerth e Wilken em uma das poucas câmeras de segurança operantes e fui atrás delas. Estavam saindo do saguão de embarque, e não subindo aos andares de habitações. Não havia nenhum mapa para visitantes disponível no feed, mas hackear as câmeras de segurança me deu acesso ao sistema de manutenção da estação, e peguei a planta baixa de lá. Todas as áreas que não eram indispensáveis para manter as operações essenciais da estação estavam desligadas. Fiquei pensando se a reivindicação por abandono da SondaBoaNoite Independente era popular na estação. Já não gostei muito da cara desse lugar e eu nem precisava morar aqui.

Eu já usara um código para congelar as câmeras e me deletar das filmagens em circunstâncias muito mais complexas, então bastou adaptá-lo para que funcionasse no sistema de segurança proprietário da estação. Enfim, o maior perigo era um humano me ver no terminal e pensar *Quem é esse aí?*. Felizmente, a estação estava bem escura.

Segui Wilken e Gerth até o final da área de embarque e subi a rampa em direção ao que a planta baixa indicava serem os escritórios da Autoridade Portuária/Controle de Carga.

Quando passei pelo portão no topo da rampa, uma coisa colorida e iluminada apareceu bem na minha frente e quase dei um grito. Era o anúncio de um serviço de carga, feito com tinta sinalizadora que reagia a movimento. A geringonça também fez com que um vídeo aparecesse no meu feed, para caso de eu não ter visto aquela coisa brilhante na cara. Normalmente, esses sinalizadores só são usados para procedimentos de emergência, porque funcionam mesmo se a energia estiver desligada. Nunca tinha visto um sendo usado em propaganda antes. O propósito de um sinalizador é ser a única coisa visível em um blecaute, para ser fácil de localizar. Já era difícil o suficiente fazer os humanos idiotas seguirem os sinalizadores até um lugar seguro sem propagandas escondendo a rota de emergência...

Lembrei a mim mesmo que não era mais meu trabalho garantir a segurança de humanos.

Ainda assim, odiava as propagandas com sinalizadores.

Verifiquei as câmeras de novo e vi que Wilken e Gerth tinham encontrado sinais de vida na área da Autoridade Portuária. Estavam do lado de fora de um prédio de escritórios de três andares, com janelas redondas cuja vista deveria dar para o centro comercial da estação. Era uma praça aberta, com alguns tubos de transporte passando em arcos suspensos e um grande display globular pairando no ar, atualmente em modo de descanso. Seu perímetro era rodeado por diversos andares de blocos comerciais escuros e fachadas vazias de lugares que deveriam ser cafés, hotéis, despachantes, escritórios de transporte, lojas de tecnologia e coisas do tipo. Muito daquele lugar parecia inacabado, como se ninguém tivesse se mudado de fato, e o resto parecia fechado, como se nada tivesse sido deixado para trás exceto alguns displays flutuantes perdidos.

Virei em um corredor que saía do distrito da Autoridade Portuária e levava ao bloco principal de habitação, se é que algum dia existiu um. Andei em uma escuridão quase completa até achar um cubículo vazio que fora preparado para alguma coisa que nunca fora instalada e me agachei ali. Dessa forma conseguiria monitorar as câmeras sem que algum funcionário aleatório da estação me visse. Um drone de manutenção/escaneamento de armas tocou no meu feed, e eu o agarrei e tomei o controle. Estava fazendo uma patrulha esporádica do lado de fora da Autoridade Portuária, e eu o usei para me dar imagens e áudio melhores do que as câmeras de segurança fixas.

Wilken e Gerth estavam falando com duas novas humanas. Também havia um robô humanoide parado ao lado delas. Eu não via um desses pessoalmente havia um tempo, só nos seriados. Não são populares no território corporativista, porque não são melhores em cumprir tarefas do que os robôs especializados, e, considerando o feed disponível, a armazenagem de dados e a habilidade de processamento não são muito empolgantes. Diferentemente de construtos, eles não possuem nenhum tecido humano clonado, então são apenas um corpo de metal capaz de segurar coisas pesadas, só que não tão bem quanto um robô-transportador ou qualquer tipo de empilhadeira de carga.

Em algumas mídias de entretenimento que eu assistira, eram usados para retratar as UniSegs rebeldes do mal que ameaçavam os protagonistas. Não que isso me irritasse nem nada. Na verdade, isso era bom, porque assim os humanos que nunca tinham trabalhado com UniSegs esperavam que parecêssemos com robôs humanoides, e não que tivéssemos a nossa aparência real. Isso não me irritava em nada. Nem um pouquinho.

Precisei voltar o feed da câmera do robô para me situar no que estava acontecendo, já que estivera ocupado demais controlando aquele arroubo de um sentimento que definitivamente não era irritação. A primeira nova humana disse:

— Meu nome é Don Abene. — Ela gesticulou para a outra nova humana. — Essa é minha colega, Hirune, e nosso assistente, Miki. — Ela hesitou. — A agência de empregos teve tempo de explicar o trabalho para vocês?

— Disseram que era um trabalho de guarda-costas — disse Wilken, dando uma olhada no robô, que aparentemente se chamava Miki.

Ele estava parado ali com a cabeça inclinada, encarando-a com grandes olhos esféricos. Era incomum um humano apresentar um robô, e isso é um eufemismo. Gerth parecia estar com dificuldade de manter a expressão neutra e profissional.

— Vocês vão entrar na instalação de terraformação para fazer uma análise inicial, e seu contrato com a SondaBoaNoite Independente exige uma equipe de segurança — concluiu Wilken.

Abene assentiu.

— Espero que não precisemos de vocês. No entanto, a empresa que abandonou a instalação não fazia monitoramento por satélite, e ninguém entrou lá desde que foram embora. Acreditamos que a instalação esteja deserta, mas não existe uma forma de nos certificarmos disso.

— O agente mencionou que isso poderia ser um problema. O escudo de terraformação está impedindo leituras externas? — perguntou Gerth.

— Isso mesmo — respondeu Hirune. — Sabemos que está estável por causa do raio de tração que SI instalou, mas nada além disso. A estação está monitorando a instalação, mas, como podem ver, não tem nenhum veículo de patrulha por aqui.

Ela se referia à possibilidade de saqueadores terem ocupado a instalação. Mas, se aquele fosse o caso, eles eram bem ruins de trabalho, porque tinham ignorado a estação. Além do mais, saqueadores costumavam só catar o que queriam e ir embora, em vez de ficar no lugar do ataque, morando em uma instalação de terraformação deteriorada.

Na verdade, considerando minha experiência com segurança, qualquer um que quisesse ficar por ali, vivendo naquelas condições, me preocupava muito mais do que saqueadores aleatórios.

Gerth e Wilken trocaram olhares. Talvez tivessem pensado a mesma coisa.

— É possível que houvesse organismos vivos quando a instalação foi abandonada? — perguntou Wilken.

— As matrizes biológicas teriam sido seladas, e provavelmente destruídas, antes da equipe partir — respondeu Hirune. Ela fez um gesto, como se dispensasse algo. — Mesmo se não tivessem feito isso, existe pouca chance de que pudessem gerar alguma contaminação aérea perigosa.

A expressão de Wilken permaneceu de uma frieza profissional, mas ela insistiu:

— Estava falando de algo além de bactérias. Algum organismo grande o bastante para causar perigos físicos?

Ok, então até eu sabia mais sobre terraformação do que essas duas.

Hirune mordeu os lábios e seu rosto se transformou com uma expressão neutra, que eu associava a humanos que tentavam não demonstrar sentimentos quando alguém falava alguma coisa acidentalmente hilária. (Relutei em abrir mão da armadura justamente por causa disso; esconder expressões faciais era difícil, até mesmo para humanos.)

Rugas apareceram ao redor dos olhos de Don Abene, mas ela fez com que parecesse que ela e Wilken tinham acabado de rir da mesma piada.

— A matriz não abrangeria nenhum organismo maior do que bactérias. E não haveria motivos para trazer qualquer organismo maior da superfície até a instalação. É claro que não sabemos o que fizeram ou não. Então o ideal é termos cautela.

Wilken pareceu aceitar a explicação, ou ao menos não fez mais perguntas. Meio que fazia sentido. Questionar a confiança dos clientes de que tudo estava bem era parte do trabalho de alguém especialista em segurança. (Enquanto clientes que lidavam com UniSegs só asseguravam uns aos outros de que estava tudo bem, enquanto você encarava uma parede e esperava tudo dar horrivelmente errado.)

Abene e Hirune acompanharam as consultoras até a Autoridade Portuária, onde tinham estabelecido seus aposentos junto da tripulação diminuta da estação. Estavam combinando de fazer uma reunião para passar todas as informações, se preparar e partir dali a dezesseis horas. Miki, o robô humanoide, as seguiu e então parou. Ele se virou e ergueu o olhar para o drone que eu estava pilotando. Inclinou a cabeça, e dava para ver que estava focado na câmera.

Deixei o drone e apaguei a memória do controle temporário. O drone enviou um pedido de reorientação confuso ao sistema da Autoridade Portuária e então voltou a fazer sua rota de patrulha.

Miki não se mexeu, ainda encarando a escuridão com olhos de superfície opaca. O feed estava limpo. Não tinha como saber que eu estava ali.

Então, Miki enviou um *ping* aleatório. Só um chamado no escuro, verificando se alguém estava lá e gostaria de responder.

Verifiquei meu sistema em busca de algum vazamento de sinal, reforcei minhas defesas e lembrei a mim mesmo de tomar cuidado. Só porque o feed da estação estava silencioso não significava que não tinha ninguém à escuta. A expedição de SI deveria ter um feed próprio rodando no sistema dos equipamentos que trouxeram consigo, mas alguém na tripulação da estação deveria estar enviando ordens aos bots das empilhadeiras e talvez ainda estivesse checando os relatórios de segurança.

Esse lugar era tão silencioso que talvez Miki tivesse notado que ativei aquele anúncio. Talvez tivesse escutado um sussurro no feed que deveria estar vazio, e isso era uma possibilidade sinistra o suficiente para me incomodar. Por fim, Miki se virou e seguiu sua dona até o complexo da Autoridade Portuária.

Saí do cubículo e percorri o corredor escuro, à procura de um esconderijo melhor.

Caminhei pelas passagens de manutenção e corredores de carregamento até chegar a uma área comercial vazia que não ficava muito longe da Autoridade Portuária. Trabalhando com cuidado, consegui acessar as imagens de duas câmeras de segurança dentro dos escritórios da Autoridade Portuária. Sim, duas. Era esquisito lidar com humanos que não monitoravam constantemente o que todo mundo fazia através de sistemas centrais, de segurança ou de drones, e que dependiam de supervisão humana. Uma das câmeras ficava no principal ponto de encontro da equipe de tráfego portuário, e a outra, em uma área improvisada que agora servia como central de controle da estação — os dois lugares onde, se alguma coisa desse errado, alguém precisava saber imediatamente. Em outras palavras, não havia câmeras no refeitório, banheiros ou quartos particulares. Era quase como se ninguém ali se importasse com o que era dito ou feito, desde que não estivessem tentando explodir a estação ou capotar as empilhadeiras robotizadas. (Depois de milhares de horas gastas analisando e deletando vídeos de humanos comendo, fazendo sexo, cuidando da higiene pessoal e eliminando fluidos corporais, era um alívio, mas ainda assim.)

Felizmente, a equipe de expedição e a tripulação da estação pareciam ser bem informais uns com os outros, e consegui captar o suficiente nas conversas para saber que a primeira avaliação seria curta, apenas doze horas na instalação para fazerem uma estimativa inicial das condições, e então voltariam para a estação para analisar as descobertas, descansar, e depois voltariam para lá. Isso parecia perfeito. Doze horas deveria ser tempo o bastante para eu encontrar o que precisava.

Também escutei de qual doca a nave partiria e quando carregariam os suprimentos. Eu ainda precisava de uma ajudinha para entrar na nave da expedição. Porém, com poucos sistemas ativos com os quais pudesse trabalhar, eu não tinha muita escolha.

Precisaria fazer amizade com o robô de estimação idiota.

Oi, Miki.

A resposta veio de imediato. *Oi! Quem é você?*

Eu estava usando a assinatura do *ping* que Miki enviara para estabelecer uma conexão segura. Abene e os outros tinham terminado todos os preparos e estavam descansando antes de partir para a instalação de terraformação. Isso me dava cerca de três horas para seduzir o robô. Eu não achava que ia demorar todo esse tempo.

Sou especialista em segurança, comecei. *SondaBoaNoite Independente fez um contrato com minha empresa seguradora para garantir que sua equipe não corra perigo durante a missão.*

Miki tentou mandar uma mensagem para Abene pelo feed, mas eu a bloqueei.

Não pode contar a ninguém que estou aqui, continuei. Eu esperava que ele me perguntasse como eu tinha conseguido assumir o controle de seu feed, ou como eu tinha chegado à estação. Achei que tinha antecipado as perguntas que ele faria e estava com as respostas a postos.

Miki disse: *Por que não? Eu conto tudo para Don Abene. Ela é minha amiga.*

Quando o chamei de robô de estimação, sinceramente achei que estava exagerando. Ia ser muito mais irritante do que eu tinha imaginado, e eu antecipara um nível bem alto de irritação, perto de uns 85%. Agora eu estava encarando um nível de 90%, talvez até 95%.

Consegui não demonstrar minha reação no feed. Não foi fácil. *Precisamos guardar segredo, para manter Don Abene e todo o grupo seguro. Não podemos arriscar que ninguém descubra.*

Ok, respondeu Miki. Eu não tinha certeza se ele estava falando sério. Não poderia ser fácil assim. Talvez só estivesse concordando até ter uma chance de me delatar? Porém ele continuou: *Prometa que Don Abene e todos meus amigos ficarão a salvo.*

Eu tinha a sensação terrível de que ele falava sério. Eu não esperava encontrar um robô no nível de TED, mas puta que pariu. Acho que os humanos o tinham programado para que parecesse uma criança ou um bichinho de estimação, sei lá. Ou talvez o código tivesse se desenvolvido dessa forma sozinho, respondendo à forma como era tratado?

Hesitei, porque, por mais que eu preferisse não ver um grupo de humanos sendo mortos (de novo), eu não era a UniSeg deles e nem mesmo um humano modificado que tinham contratado como especialista em segurança. É difícil proteger humanos quando não pode permitir que vejam você. Porém Miki esperava uma resposta, e eu queria que confiasse em mim, então falei: *Prometo.*

Ok. Como você se chama?

Aquilo me pegou de surpresa. Robôs não têm nome, UniSegs não têm nome. (Eu tinha me dado um nome, mas era particular.) Usei o nome que dera a Ayres e aos outros, meus pobres humanos imbecis que tinham se vendido para uma empresa e que àquela altura provavelmente já tinham entendido o buraco em que tinham se metido. *Rin. Especialista em segurança Rin.*

Esse não é seu nome de verdade. Pelo feed, dava para sentir que ele estava genuinamente confuso. *Não combina com você.*

Evidentemente, Miki estava recebendo mais do meu feed do que eu presumira. Só me faltava essa. Eu não tinha nada preparado para essa situação, e não havia nada na minha memória que fosse remotamente útil. Acabei optando pela honestidade (é, eu também fiquei surpreso) e disse: *Rin é como eu quero que me chamem. Não conto meu nome verdadeiro a ninguém.*

Ok. Entendi, Rin. Não vou dizer a ninguém que está aqui. Serei seu amigo e vou ajudar Don Abene e nossa equipe.

Certo. (Eu quase disse *Ok.*) Não dava para saber ser se isso era uma resposta padronizada ou se Miki estava me fazendo uma promessa solene. Tanto faz. Ele poderia contar aos humanos ou não, mas, se fosse seguir com esse plano, precisaria presumir que ele não contaria. *Pode me dar acesso ao sistema da nave? Quero fazer uma verificação de segurança.*

Ok.

Os dados foram transmitidos pelo feed.

Na verdade, a nave era um veículo local de trânsito/exploração espacial com dois andares de áreas de habitação, além de um compartimento de carga que fora convertido em laboratório. Não tinha um motor potente o suficiente para atravessar um buraco de minhoca, mas poderia ir a qualquer lugar no sistema. Não tinha um bot piloto, só o tipo de sistema de direção automática básico que eu estava mais acostumado a ver em veículos atmosféricos. Não seria muito útil caso todos os tripulantes capazes de operar as funções de alto nível da nave estivessem feridos ou incapacitados. Por outro lado, não dava para mandar um vírus se não havia um bot piloto para contaminar.

A nave também não tinha um SysSeg independente. Eu já tinha visto em algumas mídias de fora da Orla Corporativista que segurança interna não era uma prioridade por aqui, o foco estava mais em possíveis ameaças externas do que em policiar os membros de sua equipe. Não tinha pensado que aquilo era verdade, mas, de fato, era compatível com a falta de interesse em monitorar os funcionários da estação em seus aposentos particulares. E também fazia sentido com o comportamento apresentado pelos meus clientes da PreservaçãoAux. Aquilo me fez pensar em como deveria ser a vida na Preservação, mas chutei esse pensamento para longe bem rapidinho. Provavelmente era um lugar muito chato onde todo mundo ficaria encarando UniSegs, assim como em todos os outros lugares da galáxia.

Miki tinha me dado acesso completo, então aproveitei para fazer um pequeno tour pela memória de viagens anteriores da nave. Era uma nave boa, bem melhor do que qualquer uma que a empresa teria fornecido; e até mesmo os assentos estavam limpos e bem cuidados. Aquele era outro sinal do comprometimento de SI ao projeto de reivindicação; a nave deve ter vindo no compartimento de carga de um transporte grande ou ter sido rebocada por um transporte como a Nave.

Eu precisaria pegar carona no feed interno de Miki da forma como TED fizera comigo, mas, diferentemente de TED, eu não conseguiria manter contato com a distância entre a estação e o planeta. A parte boa é que havia muitos lugares para se esconder no veículo, nem precisaria me enfiar em um armário. A parte ruim é que eu não teria sistemas para monitorar tudo, nenhuma imagem ou áudio além de Miki.

Sim, eu estava superempolgado.

Miki, vou precisar usar seus sistemas para monitorar seus... Quase disse "clientes". Precisei de quase um segundo inteiro para usar a palavra que Miki queria ouvir... *Seus amigos. Preciso que você seja minha câmera e me deixe usar sua habilidade de fazer varreduras. Às vezes vou precisar falar através de você, fingindo ser você, para avisar Don Abene e seus amigos sobre coisas que eu acredito que são perigosas. Pode me deixar fazer isso?*

Obviamente, com o acesso que Miki já tinha me dado, eu poderia ter me apossado de seu sistema, feito o que queria e então apagado tudo da memória. Eu tinha feito isso com a Nave, mas ela era um bot de categoria inferior que não tinha consciência o bastante para se importar com nada disso. Fazer isso com Miki... Porém, eu não sabia o que faria caso ele dissesse não.

Miki respondeu: *Ok, vou fazer isso, especialista Rin. Parece assustador, mas quero garantir que ninguém machuque meus amigos.*

Aquilo parecia fácil demais. Eu quase suspeitava que era uma armadilha. Ou então... *Miki, você foi programado para responder a todas as perguntas com uma afirmativa?*

Não, especialista Rin, disse Miki, e acrescentou, *código de diversão 376=sorriso.*

Ou então Miki era um robô que nunca tinha sofrido nenhum maltrato, nunca tinha escutado mentiras ou sido tratado de outra maneira além de bondade indulgente. Miki realmente pensava que seus humanos eram seus amigos, porque era assim que o tratavam.

Sinalizei a Miki que iria me retirar por um minuto. Precisava de privacidade para ter uma emoção.

3

USEI OS CORREDORES DE CARREGAMENTO da estação para passar pelo centro comercial abandonado e voltar para a área de embarque. A nave estava atracada no setor da Autoridade Portuária, e felizmente havia uma câmera de segurança funcionando. Consegui visualizar a área e identificar quando estava livre. Por causa do feed de Miki, eu sabia que dois membros da tripulação estavam na ponte de controle fazendo a verificação antes do voo, e os outros ainda estavam no espaço de laboratório da estação repassando se não tinham se esquecido de nada.

Congelei a imagem da câmera só por tempo o suficiente para correr pela área de embarque escura e chegar até a escotilha. Forneci o código de entrada que Miki tinha me dado. A escotilha se abriu, soltando uma lufada de ar reciclado que meu sensor dizia ser bem mais limpo que o da estação. O cheiro com certeza era melhor. Entrei na nave, fechei a porta e deletei minha entrada do registro.

Eu estava de olho no feed que Miki tinha com a equipe humana. Escutei Kader, um dos dois pilotos humanos modificados que estavam na ponte de controle, dizer:

— Hirune, é você?

— O quê? Ainda estou na Autoridade Portuária. Vamos descer daqui a pouco — respondeu ela.

— Que esquisito. Achei que tinha ouvido a escotilha abrir.

— Não tem nenhum registro — acrescentou a outra pilota, Vibol. — Acho que seus ouvidos estão confundindo você.

— Agora vou precisar ir até lá só pra provar que você está errada — informou Kader à outra.

Eu já tinha percorrido a passagem até o espaço de trabalho, passado por laboratórios de biologia e pelo depósito de suprimentos. Havia um espaço designado para um robô-transportador próprio, mas já que o espaço de carga fora convertido em laboratórios, o robô tinha sido tirado de lá. Era mais espaçoso do que o armário de suprimentos na Nave, e ao menos eu poderia me sentar no chão e me apoiar na parede, embora não pudesse esticar as pernas. Eu não precisava realmente me esticar, mas era bom. O espaço também era completamente escuro, mas, com um feed agitado na minha cabeça, isso não seria um problema.

Miki perguntou: *Está tudo bem com você, especialista Rin?*

Verifiquei outra vez para ter certeza de que nossa conexão era segura, que os humanos não podiam ouvir e que nenhum dos humanos modificados identificaria um eco. Estava tudo certo, porque eu controlava o feed de Miki, mas provavelmente checaria todas as vezes que ele falasse comigo porque era bem o tipo de ciclo que eu estava tendo. *Estou bem. Pode me chamar só de Rin.* Era um pouco menos irritante do que "especialista Rin". Não tinha sido irritante quando Tapan, Rami e Maro me chamavam assim, mas... não sei, tudo me irritava nesse momento, e eu não fazia ideia do motivo.

Ok, Rin!, respondeu Miki. *Nós somos amigos, e amigos chamam uns aos outros pelo primeiro nome.*

Talvez eu soubesse o motivo.

Observei pelos olhos de Miki enquanto ele ajudava a equipe a trazer as últimas caixas de equipamento e suprimento. Embarcaram tudo através da câmara de vácuo e guardaram nos compartimentos. Fiquei escutando todos conversarem no feed, e pareciam empolgados para finalmente partir. Havia quatro pesquisadores e dois membros da tripulação, e todos eram funcionários da SondaBoaNoite Independente que já tinham trabalhado juntos antes — e que tinham aguardando ansiosamente pela chegada da equipe de segurança. Don Abene segurou os braços de Miki uma hora e abriu um sorriso para a câmera. Fiquei feliz de não ter tentado assumir o controle dos movimentos de Miki, porque minha reação foi tão imediata e instintiva que bati a cabeça com tudo na parede do esconderijo.

(Ninguém sai por aí tocando UniSegs. Eu não tinha percebido que isso era uma vantagem até agora.)

Eu ainda não sou muito bom em saber a idade de humanos só olhando para eles. A pele marrom com tons quentes de Don Abene tinha rugas no canto dos olhos e da boca, e o cabelo comprido e escuro tinha mechas brancas, mas tudo isso poderia ser uma escolha estética até onde sei. Ela riu e mais rugas surgiram ao redor dos olhos.

— Estamos finalmente indo, Miki!

— Viva! — disse Miki, e de dentro do seu feed, eu sabia que estava sendo sincero.

Miki ajudou Hirune a guardar os trajes de proteção, e então ficou seguindo seus amigos humanos por aí enquanto guardavam seus equipamentos pessoais. Sugeri a Miki que saísse do espaço de laboratório e fosse até a área de armazenagem onde Wilken e Gerth estavam desempacotando seus equipamentos. Miki não tinha um detector de armamento tão sensível quanto o meu, mas sua visão tinha uma capacidade de ampliação que a minha não tinha. (Essa é uma das diferenças entre uma unidade de segurança e um robô projetado para ajudar em pesquisas científicas.)

Pedi a Miki para dar uma boa olhada nas duas caixas que as consultoras de segurança estavam guardando, e ele me forneceu uma boa visão, separando a imagem em ângulos diferentes enquanto Gerth levantava a caixa para colocar em um armário. Eu queria ter feito isso a bordo da Nave, mas tinham guardado tudo rápido demais, e pedir a um drone para inspecionar a bagagem teria chamado uma atenção indesejada. Gerth olhou para Miki, guardou a caixa, e perguntou:

— O que você está olhando?

Falei para Miki: *Diga o seguinte, "Don Abene queria que perguntasse a vocês se precisavam de alguma ajuda para guardar o equipamento".*

Miki inclinou a cabeça e repetiu o que eu instruíra palavra por palavra, com o tipo de inocência perfeita que apenas um robô perfeitamente inocente conseguiria passar.

Gerth sorriu de leve.

— Não, obrigada, robozinho — disse ela. Wilken deu uma risadinha.

Robozinho, sério? (Deveria existir um meio termo entre ser tratado como uma máquina mortífera aterrorizante e ser completamente infantilizado.) Instruí Miki a voltar para seus amigos. Enquanto ele caminhava pela passagem, perguntou: *Rin, por que não queriam que olhássemos as caixas?*

Nem todo mundo quer um robô de estimação enfiando scanners em assuntos que não eram da sua conta, mas eu estava distraído e só respondi: *Não tenho certeza.* Pelo formato, as caixas deveriam ter armas, munição, e alguns conjuntos de armaduras autoajustáveis tecnológicas, do tipo que eu só vira antes em mídias. A empresa nunca tinha nos fornecido armaduras tão boas, mas, em defesa deles, a nossa era explodida em intervalos regulares. Não identifiquei drones, mas humanos não são muito bons lidando com drones de segurança. É necessário processar muitos dados ao mesmo tempo para direcioná-los, e a maioria dos humanos não consegue fazer isso sem modificações extensas. Mesmo sem drones, pareciam que estavam preparados para tudo. Pensei que tudo aquilo poderia ser apenas por garantia.

Eu estava tentando decidir se deveria aproveitar a oportunidade para roubar alguma coisa, se tivesse chance. A armadura autoajustável era incrivelmente tentadora, e ficaria ainda melhor depois que eu fizesse algumas modificações no código. Porém já era difícil passar pelos sensores de armamento como eu estava agora; levar algo volumoso como a armadura só aumentaria as chances de eu ser pego.

Miki foi até a área da tripulação embaixo da ponte de controle, onde Abene e Hirune estavam sentadas com Brais e Ejiro. Kader e Vibol estavam acima de nós na cabine de comando.

Os humanos tinham virado algumas cadeiras da estação para encararem o sofá estofado curvo e estavam observando a superfície de um display esférico, que flutuava no meio do compartimento. Pelos diagramas expostos, estavam repassando uma possível rota através da instalação. Eu estava cuidadosamente xeretando os feeds individuais deles quando Abene deu um tapinha no assento vazio ao lado dela.

— Sente-se, Miki.

Miki se sentou ao lado dela no sofá, e nenhum dos outros humanos reagiu. Aparentemente, aquilo era perfeitamente normal.

— Você está empolgado para ver a instalação por dentro, Miki? — perguntou Hirune, enquanto virava o diagrama em um novo ângulo. — Já estou cansada de ficar olhando só para os mapas.

— Estou empolgado! — ecoou Miki. — Vamos fazer uma boa avaliação, e depois vamos receber uma nova tarefa.

Ejiro riu.

— Tomara que seja fácil assim.

— Eu não ligo se for fácil ou difícil, ao menos a coisa está andando! — disse Brais. — Miki provavelmente já estava exausto de ficar jogando Mus com a gente.

— Eu gosto de jogos. Eu jogaria jogos o tempo todo se pudéssemos — falou Miki.

Precisei me retirar para o meu cubículo escuro. Eu estava tendo uma emoção. E era raiva.

Eu poderia contar as vezes em que me sentei em uma cadeira para humanos antes da dra. Mensah me comprar, e nenhuma delas tinha sido na frente de nenhum cliente.

Eu nem sabia por que estava reagindo dessa forma. Estava com inveja de um robô humanoide? Eu não queria ser um robô de estimação. Foi por isso que deixei a dra. Mensah e os outros. (Não que Mensah tenha dito que queria uma UniSeg de estimação. Acho que ela não queria UniSeg nenhuma.) O que Miki tinha que eu tanto queria? Eu não fazia ideia. Eu não sabia o que queria.

E sim, eu sei que isso provavelmente era grande parte do problema.

Voltei ao feed de Miki. Don Abene estava dizendo:

— ... lembre-se de que sua experiência com humanos é limitada. Nós o vemos como um membro da família, mas, para os outros, você é um estranho. É provavelmente por isso que nosso time de segurança não queria que você olhasse as coisas delas.

Eita. Voltei a câmera de Miki para ver o que eu tinha perdido na conversa. Miki perguntara a Abene por que Gerth tinha reagido daquela forma quando olhara para as caixas que ela e Wilken trouxeram. Felizmente, Abene tinha se distraído tentando responder à pergunta enquanto olhava o diagrama da instalação e não perguntara a Miki o que tinha ido fazer com a equipe de segurança. Se ela decidisse perguntar, será que Miki contaria sobre mim para ela? Como responderia a essa pergunta?

Eu poderia assumir o controle de Miki da forma que tinha originalmente planejado, exceto que as interações com Abene e os outros eram incrivelmente complicadas. Eu provavelmente não conseguiria passar desapercebido; já tinha sido difícil bancar minha atuação em consultoria de segurança como humano modificado, e eu não estava tentando enganar pessoas que me conheciam. Ou que conheciam quem eu estava fingindo ser. Sei lá.

Tentando não soar nervoso e/ou com raiva, eu disse: *Miki, lembre que você disse que não contaria a Don Abene sobre mim.*

Não vou contar, Rin. Miki era tão calmo e complacente que minha confiabilidade de atuação diminuiu em 2%. *Eu prometi.*

Consegui ficar com ódio em silêncio. No entanto, deveria fazer parte do comportamento programado de Miki que ele consultasse Don Abene sempre que tivesse dúvidas. Eu precisaria tomar o cuidado de responder às suas perguntas da forma mais minuciosa possível. Obviamente "não sei" não era uma resposta boa o suficiente.

Hirune perguntou a Abene:

— O que achou da nossa equipe de segurança?

— Estou satisfeita, na verdade — respondeu Abene. — Não parecem saber muito sobre instalações de terraformação, mas isso não deve importar.

Pensei que talvez importasse, sim. Só que os módulos educativos das UniSegs eram todos uma merda, e tudo que eu sabia sobre terraformação era o que tinha conseguido absorver enquanto não estava nem aí para isso, então talvez eu não fosse a maior autoridade no assunto.

Através dos olhos de Miki, vi Hirune olhar para os outros dois, que estavam falando sobre calibrar alguma coisa. Ela abaixou a voz.

— Suponho que sim. Como são apenas duas, não vão ser de muita ajuda se enfrentarmos saqueadores.

Abene bufou.

— Se encontrarmos saqueadores, vamos sair de lá e voltar para a estação de trânsito imediatamente.

Só que, quando se avista saqueadores, já é tarde demais.

Minha reação deve ter vazado pelo feed, porque Miki perguntou, ansioso: *Você vai protegê-los, Rin?*

Sim, Miki, respondi, porque essa era a história que eu tinha inventado, e eu precisava sustentá-la.

4

NO FEED DE MIKI, ENCONTREI uma varredura da instalação de terraformação, sobreposta ao diagrama das características originais. É, eu tinha uma boa ideia de onde deveria procurar as evidências que queria.

Observei nosso procedimento de pouso através da câmera de Miki. Já tínhamos passado pelo raio de tração, que ainda operava em capacidade ideal de acordo com os relatórios automáticos que enviava para a estação.

A instalação era uma plataforma gigantesca posicionada na camada superior da atmosfera, muito maior do que a estação, maior até do que um aro de trânsito completo. A maior parte do espaço estava destinado aos setores que continham os motores enormes que de fato controlariam o processo de terraformação. Não havia uma vista para o planeta em si; a instalação pairava sobre uma camada de tempestade perpétua. Nuvens imensas rodopiantes e cheias de descargas elétricas ocultavam qualquer visão da superfície.

— Estamos com bons níveis nas leituras atmosféricas — disse Kader da cabine, compartilhando uma imagem dos gráficos pelo feed. — Quer mesmo descer com o equipamento completo?

Fiquei tenso, tendo a certeza de que ouviria a resposta errada. *Miki, diga que...*

No entanto, Abene respondeu:

— Sim, vamos seguir com o protocolo de segurança total.

Isso significava ir com trajes completos, máscara respiratória e ar filtrado para emergências, e certa proteção a corpos humanos vulneráveis.

— Vamos ficar com os trajes até podermos inspecionar o ambiente e assumir os controles da instalação, e depois reavaliamos — completou ela.

Relaxei. Depois lembrei a mim mesmo mais uma vez que eles não eram meus clientes.

Miki disse: *Tá tudo bem, Rin. Don Abene é sempre cautelosa.*

Eu já tinha visto muitos humanos cautelosos mortos, mas não iria falar isso para Miki.

Através dos olhos de Miki, observei Abene vestir o equipamento para a primeira rodada de avaliação do local. Kader e Vibol ficariam na nave, mas Wilken e Gerth, além de Hirune e os outros dois pesquisadores, Brais e Ejiro, iriam acompanhar Abene e Miki na incursão.

Wilken saiu da escotilha primeiro, e a câmera do capacete começou a transmitir o vídeo para o feed. Tínhamos atracado em uma doca exclusiva de passageiros na zona de habitação, e a área de embarque não era grande o bastante para acomodar equipamentos pesados ou robôs-transportadores padrão. A energia estava ligada, mas no nível mínimo; luzes de emergência brilhavam em faixas na altura do chão, na metade da parede e no topo, mas os focos de luz maiores no teto estavam desligados. Era o suficiente para os humanos conseguirem enxergar sem usar os filtros especiais na câmera do capacete.

Era uma boa ideia entrar na instalação por ali? O diagrama mostrava uma área de embarque multiuso maior no andar logo cima. Esse deque menor significava que era mais fácil defender a entrada da nave, mas também significava que seria mais difícil a equipe voltar à nave caso algo desse errado.

Era difícil saber se aquela era a decisão correta ou não. Sempre havia o fato de os humanos serem ruins quando o assunto é segurança. Eu teria descido primeiro com uma frota completa de drones, deixaria os humanos na nave trancada. Teria avaliado a instalação (ou seja, garantido que não havia visitantes indesejados, dado uma volta por aí me fingindo de isca, esperando alguma coisa me atacar) e só depois deixado os humanos descerem. Mas quem se importa? Não é como se eu soubesse o que estou fazendo nem nada.

A câmera mostrou quando Wilken passou pela escotilha e saiu no corredor. Pelas imagens, não identifiquei nenhum dano, apenas arranhões e raspões nas paredes e no chão, marcas normais de uso. Abene, Hirune e Miki saíram, seguidos por Brais e Ejiro, Gerth foi na retaguarda. Dividi minha atenção entre sete telas, uma para cada câmera de capacete dos humanos e uma de Miki. Estava monitorando o feed do time e o canal de comunicação, mas tudo isso também estava passando por Miki.

— Miki, identificou alguma coisa? — perguntou Abene.

— Não, Don Abene — respondeu ele.

Miki estava buscando por sinais de atividade de algum sistema local. Já que a instalação fora construída por GrayCris, eu estava esperando o tipo de SysCentral e SysSeg com o qual estava acostumado, ou algo compatível. Havia um monte de câmeras de segurança espalhadas, mas não estavam ativas. Miki estava certo, não havia nada além de ar parado ali, e nenhuma atividade no feed da instalação apesar de haver energia para manter a iluminação e os níveis atmosféricos.

Talvez tenham pensado que os sistemas ficariam solitários se continuassem ativos, Rin, disse Miki. *O que você acha?*

Fiquei pensando se TED tinha achado que eu era burro assim quando estava passeando pela minha cabeça. Talvez, mas existia uma boa chance de que, se esse fosse o caso, TED teria me dito na lata.

É uma possibilidade, falei, porque agora eu sabia que, se não respondesse a todas as perguntas de Miki, ele poderia acidentalmente me dedurar para o humano mais próximo. Só que aí eu me lembrei de que era para essa estação colapsar e queimar na atmosfera, antes de SI reivindicá-la. Acrescentei, *GrayCris pode ter removido o núcleo dos processadores dos sistemas locais quando abandonou o planeta. Provavelmente queriam minimizar suas perdas.*

Qualquer sistema central ou de segurança que pudesse gerir uma instalação com essa complexidade seria incrivelmente caro. Eu não sabia muito de GrayCris, mas a empresa que era minha dona nunca teria deixado esse tanto de grana dando sopa por aí. E Miki disse:

— Don Abene, talvez GrayCris tenha removido o núcleo dos processadores dos sistemas locais quando abandonou o planeta. Provavelmente queriam minimizar suas perdas.

Puta que pariu.

— Faz sentido — disse Hirune. Ela estava cutucando o comunicador e acrescentou: — Tem um pouco de interferência aqui, talvez algum tipo de escudo? Eu não consigo mais me conectar ao sinal da estação, mas ainda estou ouvindo Kader e Vibol no feed da nave.

Ejiro pegou uma mostra da interferência de sinal e abriu no próprio feed para examinar.

— Sim, sabemos que os escudos são bem pesados, provavelmente por causa dos distúrbios na atmosfera.

Como se aguardasse a deixa, uma explosão de estática inutilizou o comunicador e o feed por 1,3 segundos.

Tempo ruim, comentou Vibol no canal de comunicação. *Cuidado com a chuva.*

A equipe riu, e Miki enviou um símbolo de divertimento no canal da equipe. Ah, uma piadinha interna. Isso não é nada irritante. Wilken e Gerth ignoraram a conversa.

Mais à frente, Wilken saiu do corredor e entrou em um espaço maior, e o sensor na armadura disse que não havia sinais de vida ali. Ela deu uma volta, avaliando a sala, e então sinalizou aos outros que podiam entrar. Aquele espaço não estava rotulado no diagrama, mas continha cubículos de descontaminação e trajes ambientais guardados em suportes apoiados na parede. De novo, nenhum dano visível enquanto os humanos viravam as câmeras de um lado para o outro.

— Isso aqui era para ser uma área de limpeza? Achei que o setor biológico tinha sido isolado e selado. Era o que dizia no diagrama, certo? — perguntou Brais.

— Isso mesmo — disse Hirune.

Ela checou o painel do cubículo de descontaminação mais próximo. Ainda tinha energia, mas as portas estavam todas na vertical. (O que é sempre um alívio. Cubículos onde alguma coisa pode estar escondida não são divertidos.) Hirune tentou baixar o relatório de uso no feed, mas o armazenamento interno estava vazio.

Verifiquei Kader e Vibol, ambos grudados aos seus feeds, apesar de Kader ainda ter um canal aberto com a estação. Havia um pouco de interferência, mas ele ainda recebia os *pings* e as respostas da Autoridade Portuária. Provavelmente era o escudo atmosférico que bloqueava a equipe lá embaixo de ter contato com a estação.

Enfim, era hora de me mexer. Saí do cubículo de armazenamento. Desci o corredor e abri a escotilha, sem deixar que a nave registrasse o incidente. Kader tinha escutado a escotilha se abrir quando entrei na nave, mas dessa vez estava ocupado demais acompanhando seu time pelo feed para notar qualquer coisa.

Fui recebido pelo ar gelado da instalação e deixei a escotilha fechar e selar atrás de mim.

O time já tinha saído da sala de descontaminação e seguido até o setor biológico para verificar seu status. Comecei a descer pelo corredor. De vez em quando eu sentia falta da minha armadura, geralmente quando precisava passar por multidões de humanos em aros de trânsito. Depois de ser forçado a fazer isso para sobreviver, além de viajar com Ayres e os outros, eu meio que estava acostumado a falar com humanos e fazer contato visual, apesar de não me sentir confortável.

Essa era a primeira vez que sentia falta da armadura porque sentia uma ameaça física.

Atravessei a sala de descontaminação em silêncio, saí pelo corredor e virei para o lado oposto ao setor biológico, em direção ao setor geológico. O caminho estava idêntico ao que eu via na câmera de Miki e no feed da equipe: sem danos, sem sinal de uma partida abrupta, apenas corredores silenciosos.

(Não sei por que esperava ver algum dano ou sinais de que os funcionários humanos tinham saído correndo para se salvarem; não havia nenhum indício de que o que tinha acontecido ali tivesse sido algo além de um abandono planejado. Talvez eu estivesse pensando em RaviHyral outra vez. Era de se imaginar que depois de ter visto o lugar, e descoberto o que aconteceu, as memórias parciais desapareceriam. Não foi o que aconteceu.)

Não deveria ser estranho, mas era. Eu tinha Miki e o time rodando ao fundo, então sabia exatamente onde estavam, e as vozes deles preenchiam o silêncio no feed. Porém havia algo nesse lugar que fazia minha pele humana se arrepiar embaixo da roupa. Eu odiava essa sensação.

Não conseguia identificar o que estava me incomodando. As varreduras não apontavam nada, e, longe assim do grupo, não havia som ambiente exceto pelos sussurros do sistema de ar. Talvez fosse a falta de acesso a câmeras de segurança, mas já estive em lugares piores sem câmeras. Talvez fosse algo subliminar. Na verdade, parecia simplesmente liminar. Pró-liminar. Superliminar? Sei lá, não tinha acesso a um banco de conhecimento para encontrar a palavra.

O time estava prosseguindo por um corredor externo. Ao lado esquerdo, grandes bolhas que serviam de ancoradouros davam vista para as nuvens roxas e cinzentas rodopiando na tempestade, e à direita havia passagens abertas que levavam a diversas áreas de engenharia. Em um canal particular com Miki, Abene disse: *Esse lugar me dá arrepios, Miki.*

Eu concordo, respondeu Miki. *Mesmo com tudo vazio, é como se alguém pudesse aparecer na nossa frente a qualquer instante.*

Bem, Miki não estava errado. Algo cintilou no ar à frente, mas, quando cheguei ao entroncamento do elevador, vi que era só um marcador de emergência, flutuando sob o teto e listando procedimentos para saída de emergência em trinta idiomas diferentes. Um SysCentral ofereceria tradução simultânea, e imagino que entidades políticas não corporativas tenham alguma função semelhante em seus canais, mas, em uma emergência, era melhor garantir que as instruções estivessem claras mesmo se o feed não estivesse funcionando. E ali estava o marcador, alegremente fazendo seu serviço naquele casco vazio.

Ativei a conexão particular com Miki. *Estou prestes a usar um elevador, Miki. Se o seu sensor identificar flutuação de energia, por favor, não conte a ninguém.*

Ok, Rin. Aonde você vai?

Preciso olhar o setor geológico. Faz parte das ordens que recebi.

O elevador respondeu ao chamado e chegou 1.5 segundos depois, e foi aí que lembrei que eu dissera a Miki que meu trabalho era providenciar segurança extra para a equipe de avaliação. Opa.

Felizmente, Miki levava ordens a sério e não ocorreu a ele me questionar. *Tome cuidado, Rin*, disse Miki. *Esse lugar nos dá arrepios.*

Entrei no elevador e informei que deveria ir ao setor geológico central. As portas se fecharam e o elevador partiu com um sussurro. Eu o acompanhei no diagrama, enquanto passava por bulbos gigantescos usados para dispersão atmosférica. Considerei contar a Miki que estava ali para recolher dados sobre uma possível violação de vestígios alienígenas feita por GrayCris. Nada do que eu estava fazendo atrapalharia Abene, o time ou a SondaBoaNoite Independente, e eu já estava mentindo sobre tanta coisa. Só que eu sabia que Miki contaria a Abene na mesma hora. Eu tinha certeza. Não que o time dela não fosse descobrir sozinho que havia alguma coisa estranha na instalação de terraformação. (Como, por exemplo, ter uma sala de descontaminação perto da escotilha de passageiros; não é necessário ter uma área de limpeza em uma terraformação, mas faria sentido caso estivessem escavando vestígios biológicos de alienígenas.) Mas, se Miki contasse para Abene sobre os possíveis vestígios alienígenas, ela perguntaria como é que ele sabia disso, e eu sabia que Miki iria contar sobre mim. Não mentiria diante de uma pergunta direta.

Quem imaginaria que ser uma máquina mortífera sem coração acarretaria tantos dilemas morais?

(Sim, isso foi sarcasmo.)

O elevador parou e as portas se abriram para um outro corredor vazio e silencioso. Segui o caminho e encontrei a passagem que dava no setor geológico central. Era um espaço grande e semicircular, e parte do teto era transparente. No caminho até o setor, eu tinha visto a tempestade através das câmeras dos humanos e de Miki, mas vê-la com meus próprios olhos, sem nenhuma interface para interpretar dados, era diferente. As nuvens compunham uma estrutura que se movia constantemente, as cores não estavam, de fato, rodopiando, mas sim se movendo em um padrão lento e contemplativo. A tempestade era imensa e errada, terrível e linda, tudo ao mesmo tempo. Fiquei parado ali pelo que depois verifiquei serem 22 segundos, só encarando.

Algo deve ter vazado pelo feed, porque Miki perguntou: *O que está olhando, Rin?*

Aquilo quebrou o feitiço. *Só a tempestade. O setor geológico tem uma abóbada transparente.*

Posso ver?

Não consegui pensar num motivo para negar o pedido, então fiz uma cópia da gravação, apaguei qualquer código que pudesse me identificar como uma UniSeg a partir disso e enviei para Miki através do feed.

Que linda!, disse Miki.

Miki ficou repassando o vídeo algumas vezes enquanto seguia Abene por uma rampa. O grupo tinha passado por um entroncamento que tinha apenas um elevador, e não era grande o suficiente para levar todos de uma vez. Wilken, sensata, recusou-se a dividir o grupo. No feed da câmera dela, vi avisos pairando no ar, com os símbolos indicando possível risco biológico desenhados com marcadores; o grupo estava quase chegando aonde deveria, e eu precisava andar logo com o que estava fazendo. Quando eles terminassem de verificar o setor biológico, eu queria já estar escondido de volta na nave assistindo *Ascensão e queda do Santuário Lunar*.

Os painéis de acesso tinham sido desligados, e os discos rígidos deviam ter sido removidos por completo, que era uma coisa bem mais segura do que só deletar o sistema, mas não era lá que eu estava buscando informações.

O diagrama me mostrou que a instalação tinha usado escavadeiras. (Na verdade, máquinas semiautomáticas de manipulação geológica... e mais alguma coisa. Aparentemente deletei esses detalhes do meu registro permanente. Enfim, não são robôs, são só extensões do sistema geológico.) As escavadeiras têm um armazenamento individual para procedimentos e tarefas, mas também têm capacidade de fazer varreduras e registrar o que encontram. Eu tinha descoberto o painel da interface e religado tudo, e sim, as escavadeiras ainda estavam ali, escondidas sob o setor geológico, guardadas em contêiners três vezes maiores do que nossa nave, e inertes sem um sistema principal para comandá-las.

Através da interface, consegui fazer cópias dos registros sem acordá-las. Alguém chegou a ordenar que apagassem seus registros (o que teria anulado a garantia das máquinas, mas acho que, já que a instalação supostamente deveria se chocar contra o planeta, ninguém estava nem aí). Infelizmente para essa pessoa, as escavadeiras tinham jogado os registros no cache, e foram desligadas antes que o cache expirasse e tudo fosse deletado.

Eram muitos dados, mas consegui criar uma diretriz para excluir comandos operacionais e outras coisas irrelevantes. Eu precisava abrir uma conexão direta para copiar os dados para os chips de memória extra que tinha implantado, o que significava arrancar a pele que cobria a abertura da arma no meu antebraço direito outra vez. Depois que fiz isso, as coisas andaram rápido. Eu me sentei na beirada da interface, virado para a porta, e deixei um dos meus episódios favoritos de *Ascensão e queda do Santuário Lunar* rodando em segundo plano para ajudar a passar o tempo, embora continuasse com um canal aberto com Miki e o feed da equipe.

Eu tinha acabado de copiar os dados quando Miki perguntou: *Rin, é você?*

Eu estava distraído, pausando o episódio, me desenganchando da interface e me desconectando dos cérebros adormecidos e quase vazios das escavadeiras. Eu sabia que o time ainda estava no setor biológico (estavam fazendo uma avaliação manual das matrizes biológicas e tentando reinicializar o equipamento), então a pergunta não fazia nenhum sentido. *Sou eu, o quê?*

Isso. Miki soava confuso, preocupado. Ele me enviou um clipe de áudio. Escutei humanos conversando no comunicador, Hirune e Ejiro, e então Gerth fazendo um comentário.

A conversa? Era alguma coisa sobre unidades de contenção não estarem onde deveriam estar, e eu não entendi o motivo da confusão de Miki. *Ainda estou no setor geológico.*

Não, Rin, isso. Miki repassou o clipe tirando a faixa de áudio do comunicador, então as vozes humanas ficaram mais fracas. Era o som ambiente, eu ouvi o sistema de ventilação. Também ouvi baques leves, rápidos como um batimento cardíaco... Ah, ah, merda.

Desperdicei 0,002 segundos lançando um código no feed de Miki como se estivesse respondendo a outra UniSeg. Já tinha chegado na entrada do polo geológico quando percebi que precisava falar, ou Miki não entenderia o que fazer. Virei com tudo no corredor e corri até o entroncamento do elevador. *Miki, tem algo desconhecido/potencialmente hostil indo até sua posição. Determine a direção de onde vem e depois alerte seus clientes, nessa ordem.*

Miki expandiu a varredura, e seus outros sentidos ficaram fora do ar enquanto direcionava toda a atenção ao áudio. Ele girou, tentando ter um alcance de campo maior. Eu ainda estava recebendo a comunicação no feed dos humanos, e Gerth disse:

— O que o robozinho está fazendo?

— Alguma coisa errada, Miki? — perguntou Abene.

Rin... Miki parou de tentar soar como um humano e me enviou um pedido de assistência urgente junto dos dados em áudio puros. Eu deveria ter entendido antes: Miki não era um robô de segurança e não estava programado para lidar com isso, e ninguém nunca mostrara o que fazer em uma emergência que envolvia hostis ativos e provavelmente sencientes. Cheguei ao entroncamento do elevador, mas a porcaria tinha retornado a um ponto neutro em algum lugar.

Enquanto eu ficava parado lá como um imbecil durante os segundos desperdiçados até a merda do elevador voltar para a minha posição, fiz uma análise rápida e a comparei com o diagrama da instalação. Coloquei o marcador indicando Miki, os humanos e o hostil que se aproximava, e empurrei tudo de volta no feed de Miki. Ele já estava dizendo:

— Don Abene, tem algo vindo na nossa direção. Precisamos pegar o corredor externo e voltar para a nave.

Miki encaminhou meu diagrama ativo para os humanos.

Entrei no elevador no instante em que as portas se abriram. Enquanto acionava a sequência de destino, comparei o áudio ambiente que Miki ainda estava processando com as estimativas de posicionamento do meu diagrama. Essa coisa, seja lá o que fosse, estava se movendo muito mais rápido do que minha projeção inicial indicara. Enviei para Miki, *Não dá tempo de recuar, avise ao cliente para se abrigar no lugar e tente isolar a área.*

Miki estava dizendo para Abene:

— Don Abene, está perto demais, precisamos ficar aqui e selar a porta.

Contudo, Wilken e Gerth finalmente tinham entendido o que estava acontecendo, e eu as ouvi gritar para a equipe de avaliação recuar pelo corredor em direção à nave.

Eu não precisava olhar de novo para minhas projeções. Ninguém ia conseguir chegar ao final do corredor. É por esse motivo que humanos não deveriam trabalhar com segurança: a situação muda rápido demais e eles não conseguem acompanhar.

Eu tinha dirigido o elevador para o setor biológico, para o entroncamento mais próximo da posição do time. As portas se abriram e fui recebido por uma avalanche de sons: gritos e tiros de armas de energia. Corri pelo corredor e virei a esquina.

Vou descrever o que aconteceu de acordo com a reconstrução que fiz depois a partir dos registros da câmera de Miki e da minha, já que, naquele momento, até eu só estava pensando *merda, merda, merda.*

Wilken e Gerth tinham conseguido tirar o grupo do polo biológico e subido a rampa, indo até a junção de três corredores, que era mais ou menos o melhor ponto para ser atacado nessa área. Sabe, se eu fosse atacar alguém, eu não poderia ter escolhido um lugar melhor.

Não tive tempo de ser muito sarcástico em relação a isso porque Wilken e Gerth estavam disparando as armas na direção do corredor à esquerda. Até mesmo as luzes de emergência estavam desligadas ali, e não consegui identificar imediatamente no que estavam atirando. Ejiro estava grudado na parede mais distante, deslizando até o chão como se algo o tivesse jogado ali. O corredor à direita levava ao próximo segmento do setor biológico e havia uma trava e uma escotilha pesada em processo de fechamento. Miki, tentando seguir minhas instruções, tinha acionado a trava pelo controle de emergência na parede. Brais cambaleou como se tivesse sido atingida por alguma coisa, e Abene a agarrou pelo braço para equilibrá-la.

Parecia que todos os humanos estavam intactos, e Wilken e Gerth estavam repelindo seja lá o que tinham ido ali para encontrar e entregar os clientes de bandeja, e eu estava prestes a recuar. Então, na abertura que se estreitava entre a escotilha e a parede, algo se mexeu. Tinha sido rápido demais para eu identificar o que era sem voltar o vídeo e avaliar. Quase antes que eu pudesse me mexer, a coisa esticou um braço ao lado de Miki, agarrou Don Abene pelo capacete e a puxou para a abertura com força.

Quase antes que eu pudesse me mexer.

Atravessei o entroncamento em direção a eles, passei por Miki e Brais, bati contra a parede e usei o impulso para subir dois metros e ficar na altura do corpo de Don Abene. Eu me apoiei no canto, coloquei um pé em cima da escotilha que se fechava e empurrei. Senti a pressão até nas partes inorgânicas; não conseguiria manter a porta aberta por muito tempo.

Uma das pernas de Abene se debateu no ar e chutou Brais, jogando-a no chão. Miki foi o único rápido o bastante para agir. Agarrou Don Abene pelo torso, e todo o seu feed se tornou um grito em forma de código pedindo assistência urgente. Passei um braço pela cintura de Abene, prendendo um dos braços dela. O outro estava desesperadamente tentando se segurar em Miki.

Se ela não estivesse usando o traje, teria sido rasgada ao meio. Se a escotilha não tivesse um sensor de segurança que estava nos dando tempo para eliminar a obstrução, ela teria sido esmagada. Desperdicei três segundos tentando arrancar a coisa parecida com uma aranha que agarrava o capacete dela. Era vermelha e tinha oito dedos com múltiplas articulações, isso era tudo o que eu conseguia identificar naquele momento. Então, pensei na solução óbvia. O ar era respirável, e ela poderia se recuperar de uma possível contaminação desde que ainda estivesse com a cabeça grudada no pescoço.

Tateei pelo pescoço dela, desorientado por não conhecer o modelo do traje, e então meus dedos localizaram a pequena alavanca. (Jamais a teria encontrado a tempo se estivesse de armadura; a camada de pele humana nas minhas mãos é bem mais sensível.) Pressionei a alavanca e girei, destravando o capacete. Ficou preso na porta por quase um segundo inteiro, tempo o bastante para eu girar o capacete e empurrá-lo. Então, a coisa do outro lado puxou o capacete pela abertura e a escotilha se fechou. Caí de pé, segurando Don Abene, cuja cabeça ainda estava no lugar.

Ela se escorou em mim, ofegante, as mãos segurando minha jaqueta. Miki estava ao meu lado, fuçando o feed dela, preocupado, os dedos compridos gentilmente levantando o cabelo para verificar o pescoço de Don Abene.

— Don Abene, precisa de alguma assistência médica? — perguntou Miki. — Don Abene, por favor, responda.

Gerth e Wilken tinham parado de atirar pelo corredor, e meu sensor mostrava que o que tinha estado lá antes já desaparecera havia tempo. Ainda caída no chão, Brais ofegou:

— O que foi... você é...

Ejiro, encolhido na base da parede, gritou:

— Abene!

Eu estava me parabenizando (já que ninguém nunca faz isso) por um salvamento excelente. A segurança humana tinha literalmente acabado de notar que alguma coisa tinha tentado roubar a cabeça de sua cliente. Então, Gerth gritou:

— Isso aí é uma UniSeg!

Todos os humanos encararam Abene e eu. Mais relevante ainda, Wilken e Gerth apontaram as armas para mim. Ai ai, Robô-assassino, o que foi que você fez?

(Eu sei lá. Suspeito que tenha a ver com o fato de que antes todo mundo me dava ordens e todas as minhas ações eram monitoradas, e agora eu podia fazer o que eu bem entendesse, e, a certa altura do campeonato, eu perdi o controle sobre minhas próprias decisões.)

A única forma de sair dessa era matando as duas.

Se eu fizesse isso, precisaria matar todo mundo. Incluindo Miki. Incluindo Abene. A cabeça dela, ainda grudada no pescoço, estava apoiada na minha clavícula, e o cabelo dela era quente e macio onde estava em contato com minha pele humana.

Ok, então o único jeito inteligente de sair dessa era matar todo mundo. Eu precisaria encontrar um jeito burro de sair dessa.

Eu me certifiquei de que tanto meu rosto quanto minha voz ficassem neutros como uma UniSeg e disse:

— Sou uma UniSeg contratada por Rin, Especialista em Segurança, que foi enviada pela SondaBoaNoite Independente como medida de segurança extra para a equipe de avaliação.

Eu precisava admitir que era uma UniSeg; não existia humano modificado que fosse capaz de fazer o que eu acabara de fazer. Além do mais, minha manga direita ainda estava erguida, expondo a abertura da arma no meu antebraço. (As partes inorgânicas perto da abertura poderiam parecer uma modificação projetada para cobrir algum ferimento, mas a arma em si não parece nada além do que é de verdade.)

Nessa altura, me lembrei de Miki, e de como eu dissera a ele que era um consultor de segurança humano modificado. Eu navegara pelo feed de Miki, uma conexão muito íntima, mesmo que eu tenha tentado me proteger. Miki saberia que Rin, com quem falara esse tempo todo, era a UniSeg parada ali. Ok, eu deveria ter assumido o controle de Miki quando tive a chance; não dava tempo de fazer isso agora.

Na minha conexão particular com Miki, eu disse: *Por favor, Miki, eu só quero ajudar*.

Miki inclinou a cabeça na minha direção e depois olhou para Abene. Ainda aturdida, e possivelmente sofrendo de uma concussão, ela ainda não tinha me soltado. Ela me encarou, confusa, franzindo a testa. Seguindo meu protocolo para lidar com humanos feridos, eu tinha aumentado minha temperatura corporal para tentar impedir que ela entrasse em estado de choque.

— Miki...? — chamou ela. — Quem é esse?

— Fiz amizade com Rin, Don Abene — disse Miki. — Pediram que eu não contasse a você, para manter todos seguros.

Hum. Isso não era uma mentira, mas com certeza também não era a verdade. Talvez Miki tivesse alguma profundidade que não tinha mostrado.

Vi Gerth olhar Wilken de soslaio. Wilken reagiu, mas se controlou. Elas não se comunicaram pelo feed. Da nave, Kader exigiu uma atualização, perguntando se a equipe precisava de assistência.

— Ejiro está machucado — disse Brais. Ela se levantou, se apoiando na parede, trêmula. — Abene, está bem? O que aconteceu?

Abene começou a assentir e então gemeu. Ela deu um tapinha no meu braço e se afastou um pouco, e eu deixei que ficasse em pé sozinha.

— Estou bem... — No feed, ela disse para Kader continuar onde estava. Em voz alta, perguntou: — Ejiro, onde você se machucou?

— No ombro — disse Ejiro.

A voz dele indicava estresse, e a expressão estava tensa e dolorida. Tentei me conectar com o SysMed, e aí lembrei que não tinha mais um. (Eu sei, eu estava uma confusão só.)

— O que eram aquelas coisas? — perguntou Ejiro. — Não consegui ver nada, só umas formas.

Wilken e Gerth ainda estavam com as armas apontadas para mim. Don Abene e Miki estavam bloqueando minha linha de tiro e, se Wilken ou Gerth se mexessem, eu precisaria fazer alguma coisa sobre o assunto. Então, Miki disse:

— Don Abene, Hirune não está aqui e não está respondendo no feed e nem no comunicador.

Eita porra. Não eram meus humanos, e eu não tinha parado para fazer uma contagem.

Verifiquei o feed de Hirune e senti Abene, Wilken, Gerth, Brais e Ejiro se conectarem também, chamando por ela. O feed ainda estava aberto, mas inativo. Significava que ela estava viva, mas inconsciente. Não consegui encontrar nada com o alcance limitado do meu sensor, e Miki também não.

No canal da nave, ouvi Vibol xingando e Kader dizendo a ela para calar a boca e escutar.

A expressão de Abene ficou horrorizada. No feed geral, Miki repassou os últimos segundos antes da minha chegada. Separando as imagens, vi uma forma escura que se movia rápido se aproximar pelo corredor de acesso principal do setor biológico, só um borrão na visão de Miki no momento em que ele apertara o botão para fechar a escotilha. Então, Miki se virara para ir ao corredor que levava à instalação central, mas era tarde demais. Tudo que registrara fora um vislumbre das luzes no traje de Hirune desaparecendo na escuridão enquanto ela era arrastada para longe, e então Wilken e Gerth atirando pelo corredor atrás dela. Tudo tinha acontecido tão rápido que eu duvidava que Wilken e Gerth tivessem percebido que um hostil capturara Hirune.

Enquanto os humanos analisavam o vídeo, Ejiro parecia prestes a vomitar, e Brais xingou baixinho. Abene se virou para Gerth e Wilken.

— Precisamos ir atrás dela. O que eram aquelas coisas que... Por que estão mirando em mim?

Não estavam apontando a arma para ela, e sim para mim, que continuava atrás dela.

— Isso aí é uma UniSeg, Don Abene, e você precisa sair de perto dela até resolvermos a situação — disse Wilken. — Onde está essa Rin? Na instalação, em algum lugar? Essa informação não corresponde às instruções que recebemos da SI.

Abene estava em choque, mas eu praticamente consegui ouvir o instante em que o cérebro dela voltou à ativa. Ela travou a mandíbula e sua expressão ficou dura.

— Onde está Hirune? — rebateu ela. — O que a levou? Vocês deveriam ser a nossa segurança.

Wilken continuou firme.

— Antes de irmos procurá-la, precisamos saber por que tem uma UniSeg aqui. É uma pergunta justa.

Miki enviou para o feed de Abene: *Por favor, Don Abene, sou amigo de Rin. Por favor, diga que sabia que Rin estava aqui.*

Achei que tinha zero chance de Abene aceitar o que seu robô de estimação dizia. (Fora que o robô de estimação estava sendo impreciso com os fatos, e tinha fraseado sua súplica de uma forma que não deixava claro que Rin e a UniSeg eram a mesma entidade, então a palavra dele não valia muita coisa.)

O olhar raivoso de Abene foi de Wilken para Gerth.

— Não sabia que Rin estaria aqui na instalação. A SI me informou antes de partirmos. A superintendência estava enviando Rin para prover segurança extra... — Ela lançou um olhar contido na minha direção. — Rin mandou você?

Felizmente, eu não estivera só parado ali feito um tonto e reconheci a deixa que ela estava tentando me entregar.

— Sou a UniSeg contratada por Rin, que está na estação e me enviou para a instalação em sua nave.

— Não fomos informadas disso — disse Gerth.

Wilken lançou um olhar feio para ela. Ainda não havia conversa entre as duas em qualquer conexão particular do feed. Havia muitas perguntas que elas poderiam fazer. O cenário que eu descrevera, um cliente enviando uma UniSeg para providenciar segurança extra para outro grupo de clientes era tecnicamente possível, mas violaria regulamentos e garantias de empresas seguradoras. Porém, Gerth desviou a arma de mim e a apontou para onde deveria estar, no corredor que ainda estava aberto, por onde o hostil levara Hirune.

— Eu não me importo com o que informaram a vocês! — retrucou Abene. — Precisamos encontrar Hirune! Brais, leve Ejiro de volta para a nave. Gerth, vá com eles. Wilken, ou você me ajuda ou me dá uma arma e volta para a nave com os outros.

Ela trocou para o feed e disse: *Kader, informe a Autoridade Portuária da estação sobre nossa situação. Diga a eles que não temos certeza do que nos atacou ainda. Diga para tomarem cuidado com possíveis saqueadores no sistema.* Kader recebeu a mensagem.

Não consigo evitar — gosto muito quando humanos são decididos. (Especialmente quando são os humanos a favor de não atirarem em mim.)

— Rin me instruiu a ajudar vocês de qualquer forma que seja necessária — falei.

Mantive o olhar em Abene, porque eu era uma UniSeg, e era isso que uma UniSeg faria. Você fala com o cliente e deixa que as pessoas segurando as armas decidam se devem se sentir ameaçadas pelo que você acabou de dizer ou não. (Deveriam, realmente deveriam se sentir ameaçadas.)

— Nós somos seu time de segurança, Don Abene, é claro que vamos acompanhá-la — disse Wilken, às pressas. — Mas você deveria voltar à nave com Gerth e os outros, e eu vou atrás de Hirune com a UniSeg de Rin.

Ejiro se esforçou para se levantar e Brais se encaixou embaixo do braço bom dele, ajudando-o a ficar de pé.

— Eu estou no feed com Kader, Abene — disse Brais. — Vibol está preparando a baia médica.

Já que agora eu era uma UniSeg e tudo mais, avisei:

— Não usem o elevador. O hostil pode assumir o controle do sistema e guiá-lo até a posição dele.

— Eu sei disso — esbravejou Gerth.

Eu sei que você sabe, cuzona.

Brais assentiu na minha direção e prometeu:

— Nada de elevadores. — Para Abene, ela falou: — Por favor, tomem cuidado.

— Vocês também — respondeu Abene. — Mantenha contato com Kader. — Ela se virou para Wilken. — Eu não tenho tempo de discutir. Precisamos ir.

Miki se virou e seguiu em direção ao corredor. Gerth precisou sair do seu caminho. Abene pegou seu capacete e seguiu Miki. Wilken hesitou, mas enviou um sinal pelo feed para Gerth prosseguir. Gerth fez um gesto para Ejiro e Brais.

— Venham. Vai ficar tudo bem.

Esperei até Wilken começar a seguir Abene, apressando o passo para assumir a dianteira. Fui acompanhando Abene e coloquei o feed de Brais em segundo plano para que pudesse ficar de olho no grupo que voltava para a nave.

5

PARECENDO UMA PROFISSIONAL COMPETENTE, E não alguém que acabara de deixar um cliente ser sequestrado, Wilken disse:

— Meu sensor não está mostrando nada, mas tenho alcance limitado. Contanto que o feed de Hirune ainda esteja funcionando, podemos rastreá-la através dele.

Ah, é sério? Miki já tinha feito isso e informado Abene. Eu não tinha feito nada até agora a não ser tentar não entrar em pânico.

Abri meu canal particular com Miki e fiquei sem ideia do que dizer. ("Obrigado por não expor nenhuma das minhas mentiras" parecia direto demais.) Então, Miki disse: *Você salvou Don Abene, Rin/UniSeg.*

Eu tinha a sensação de que precisava revisar todas as minhas conversas com Miki para ver quais erros eu tinha cometido. *Você sabia que eu era uma UniSeg, Miki?*

Não sei o que significa ser uma UniSeg. Não está incluído na minha base de conhecimento. Como eu deveria chamar você, se não é mais Rin?

Pode me chamar de UniSeg. De alguma forma, eu me comprometera a agir como especialista em segurança e nem mesmo ia receber um cartão monetário em troca dessa vez. Como sempre, eu não podia culpar ninguém a não ser eu mesmo. No entanto, achei que as coisas dariam certo. Tudo que precisávamos fazer era recuperar Hirune, aí eu inventaria uma desculpa para voltar na nave deles, e então diria que precisava encontrar Rin, e sairia correndo.

E talvez as coisas dessem até mais do que certo. Se GrayCris estivesse por trás desse ataque, eu poderia juntar evidência em vídeo para mandar de volta para a dra. Mensah, junto com os dados que tinha coletado no setor geológico.

O corredor estava escuro, e, a julgar pela imagem de sua câmera, Wilken estava usando um filtro noturno. Luzes e marcadores de emergência se acendiam no chão e nas paredes conforme passávamos. Praguejando baixinho, Abene tentava colocar o capacete de volta, mas eu tinha quebrado a alavanca ao tirá-lo. Ela se abaixou e o deixou no chão, então perguntou a Wilken:

— Tem alguma ideia do que nos atacou? Algum tipo de bot? Um dispositivo de recuperação?

Aquele era um bom palpite, na verdade. Eu tinha uma única imagem decente da mão que parecia uma aranha e achava que uma consulta ao inventário do setor biológico mostraria que era parte de algum dispositivo projetado para obter amostras da superfície. Com o núcleo dos processadores da instalação removidos, não havia uma forma de repassar esse inventário. Minha teoria era que o hostil que Miki escutara se aproximando ativara o dispositivo e o usara para distrair o time enquanto capturava Hirune.

— Minha câmera não identificou — disse Wilken. — Acredito que saqueadores estejam presentes na instalação e estejam usando o equipamento que foi deixado para trás contra nós. UniSeg, Rin tem alguma confirmação sobre isso?

— Não possuímos nenhuma informação adicional — respondi. Afinal, por que eu faria o trabalho dela se nem ia ser pago dessa vez, né?

No feed, Abene perguntou a Miki: *Miki, você tem certeza sobre essa pessoa? Especialista Rin? Quando foi que ela entrou em contato com você?*

Na estação, respondeu Miki. *Fiz amizade com Rin.* SI *mandou Rin para ajudar a manter você a salvo.* Miki acrescentou: *Você quase se machucou, e Wilken e Gerth não fizeram nada para ajudar.*

Estavam protegendo Ejiro e Brais, disse Abene, distraída, a mente obviamente ocupada com alguma outra coisa, provavelmente com o fato de que minha história não enganava ninguém. *Não tiveram tempo.*

Eu não queria que ela pensasse muito sobre a probabilidade de UniSegs aparecerem misteriosamente junto com seus consultores de segurança (possivelmente inexistentes) terceirizados. Eu me conectei ao feed dela e disse: *Don Abene, pode falar comigo em particular nesse canal. Mantenho contato com meus clientes durante todo o tempo de trabalho. Por favor, entenda que Rin especificou que você é minha cliente principal, e não o seu time de segurança.*

Estava tentando avisá-la de que eu estava do lado dela, e não do outro. Eu provavelmente poderia ter dito isso de forma melhor. Só que eu tinha bastante certeza de que haveria uma divisão, já que Wilken e Gerth claramente não acreditavam que seria possível recuperar Hirune.

Esse é o outro problema de deixar a segurança nas mãos de humanos: eles têm permissão para desistir.

Abene precisou de um segundo para raciocinar e então me perguntou: *Você sabe o que levou Hirune*?

Notei que ela me perguntou isso outra vez, diretamente, apesar de ter escutado a conversa com Wilken. Abene também concluiu que haveria uma divisão. Eu disse: *Acho que está correta, acredito que era um dispositivo de recuperação. O hostil tinha intenção de capturar ao menos um membro do time e matar ou machucar os outros antes de recuar. Isso não é algo que um grupo de saqueadores faria. O plano provavelmente é atraí-los mais a fundo na instalação para matar o resto de vocês e, com sorte, fazer com que mais membros do time saiam da nave para poder matá-los também*. Tentar fazer com que as coisas soassem menos desastrosas do que eram nunca ajudava em nada. O cliente precisa acreditar que sua avaliação da situação é precisa. (E eu sei, não é meu cliente.)

Ela precisou de três segundos para processar o fato de que provavelmente estávamos fazendo o que o hostil queria que fizéssemos. *Mas precisamos encontrar Hirune. Existe um jeito de contornar isso?*

Você já está contornando. O hostil não sabe que tem uma UniSeg com você.

Se um humano dissesse isso, seria apenas bravata. Para uma UniSeg, é simplesmente fato. Como eu disse a Tlacey antes de matá-la, eu só estou avisando o que vou fazer.

Abene ficou em silêncio por mais cinco segundos enquanto caminhávamos pelo corredor escuro. Então, ela perguntou: *Você sabia que havia algo perigoso aqui? Sabia que seríamos atacados?*

Eu não sabia até Miki me alertar de que algo estava se aproximando de sua posição. O que era a verdade. Eu preferiria muito estar escondido na nave assistindo a alguma mídia de entretenimento nesse instante. *Especialista Rin não tinha informações sobre hostis dentro das instalações.*

Onde você estava? O que Rin de fato mandou você vir aqui fazer?

Mentalmente, eu me atrapalhei. Será que eu deveria mentir ou contar a verdade? Precisava bater com o que eu já tinha dito a Miki, que era apenas parcialmente mentira, mais ou menos, e Abene não registraria minha hesitação, mas Miki notaria a não ser que eu respondesse de imediato. *Eu estava no setor geológico*, respondi, desesperado. *Estava coletando dados sobre uma possível violação de GrayCris do Acordo de Sintéticos Estranhos.*

Ah, disse Don Abene. *Agora está começando a fazer sentido.* Ela hesitou. *Você consegue salvar Hirune? Se ela ainda estiver viva.*

Sim. Tenho relativa certeza.

Abene exalou, aliviada. *Ok, então. Vamos trabalhar juntos.*

Essa coisa de falar a verdade meio que estava funcionando para mim.

Saímos da seção escura e entramos em outro corredor que tinha uma luz baixa, mas ainda ativa.

— Já trabalhou com uma UniSeg antes, Don Abene? — perguntou Wilken.

— Não. Elas são ilegais nos sistemas natais. — Ela estava impaciente. Naquele momento, não queria ouvir nada de Wilken a não ser que fosse sobre recuperar sua amiga.

Estávamos nos aproximando de um entroncamento. Wilken sinalizou no feed que deveríamos esperar enquanto ela fazia uma varredura. Eu estava fazendo varreduras constantes, mas as minhas leituras estavam uma merda. A estática devia ser interferência da tempestade.

— Sei que você tem uma relação próxima com seu robô, mas essa coisa não é igual a Miki — continuou Wilken. — É uma máquina de matar.

Abene ergueu o olhar para mim, e provavelmente foi um erro, mas baixei o olhar para encará-la. Foi surpreendentemente fácil fazer contato visual com ela e não ficar nervoso, talvez porque eu estava acostumado a ver o rosto dela no feed de Miki. Ela levou a mão ao pescoço, tocando a marca deixada pela borda do capacete quando o dispositivo de recuperação tentara arrancar a cabeça dela. Ela voltou a olhar para as costas de Wilken, mas, no nosso canal particular, disse: *Nunca trabalhei com uma UniSeg antes. Nunca nem vi ou interagi com uma UniSeg, então por favor me diga se precisa receber alguma informação ou instrução minha.*

Nunca um humano tinha me perguntado como deveria me dar ordens antes. Era uma novidade interessante. *Recebi ordens de Rin para auxiliá-la. Posso cuidar do resto.*

O sensor de Wilken detectou um pouco de interferência, a mesma estática no limite do alcance da varredura que tanto Miki quanto eu estávamos recebendo. Começamos a nos mover novamente, indo pelo corredor à direita que se afastava do entroncamento. Abene me perguntou: *Você pode me dizer por que SI não me informou que havia uma segunda avaliação sendo feita?*

Eu tinha uma resposta para essa pergunta e tudo. *GrayCris foi acusada de matar membros de uma equipe de pesquisa em DeltFall e de atacar um time da PreservaçãoAux em um planeta da Orla Corporativista. Quando tiver acesso ao feed de notícias outra vez, faça uma busca por Porto ComércioLivre para mais informações. Havia motivos para suspeitar que GrayCris havia usado essa instalação de terraformação para atividades interditadas e que poderia tentar prevenir quaisquer esforços de reivindicação.* Aquilo tudo era verdade, e até pareceu coerente quando falei.

Entendo. Abene parecia séria. *Então GrayCris estava usando a instalação para minerar sintéticos estranhos em vez de fazer a terraformação, e suspeitaram que uma avaliação detalhada do equipamento restante traria isso à tona.*

Provavelmente. Eu tinha certeza, mas era um hábito de longa data me dar um pouco de espaço de manobra para o caso de eu estar errado. Não costumava ser o suficiente para evitar punições do módulo regulador, mas sempre valia a tentativa. *Até que os dados do setor geológico possam ser avaliados e analisados, não teremos certeza. Especialista Rin decidiu que era melhor conciliar o procedimento de recuperação de dados com segurança adicional ao seu time.*

Adiante, o corredor terminava em um espaço aberto. Wilken sinalizou para pararmos, cinco segundos depois do que eu teria feito. O diagrama dizia que aquela era uma zona de transição entre os polos. As sombras se moviam lá na frente, mas consegui identificar que eram reflexos do lado de fora. Havia um observatório grande à esquerda, parecido com o do setor geológico, só que na parede, e a dança de luzes e nuvens lançava sombras no chão.

Wilken fez uma varredura e então gesticulou para que seguíssemos em frente, junto com ela. A interferência estava pior, mas eu não estava recebendo nada em áudio. Perguntei a Miki: *Você consegue identificar o que está causando essa distorção nas leituras?*

Não, UniSeg. Comparei à estática causada pelo clima e parece igual, mas vem de uma fonte diferente. Estranho, não é?

Wilken nos guiou pelo espaço aberto, até as sombras da tempestade que se agitava do outro lado da parede transparente. A maior parte de sua atenção ainda estava focada no sensor. Suportes se curvavam e se retorciam acima de nós, metal sólido e estático de alguma forma imitando o movimento constante das camadas de nuvens do lado de fora. Havia três portas altas e arqueadas, abertas para corredores escuros que levavam aos diferentes setores. Uma plataforma se estendia por três quartos da curva do outro lado, oposta à parede transparente, com mais acessos a corredores. O localizador do feed de Hirune apontava para o terceiro corredor à direita, no nível em que estávamos.

Não é estranho, e sim estratégico, informei Miki. *Algo está usando a interferência causada pelo clima para disfarçar um sinal.* Também era frustrante. Senti falta de ter um SysSeg para fazer uma análise de verdade. Mesmo que pudéssemos separar o sinal, eu não tinha as bases de dados necessárias para compará-lo a nada.

Miki trocou para o canal geral. *Don Abene, um sinal está usando a interferência da tempestade para...*

Senti um movimento, o leve ruído de articulações se mexendo, e enviei um aviso a Miki no instante em que uma forma irrompeu da plataforma acima. Peguei Abene pela cintura e saí correndo para aquele terceiro corredor à direita, porque era nessa direção que precisávamos ir para cumprir o objetivo da missão. O primeiro passo era chegar lá enquanto o hostil estava ocupado com Wilken.

Parei no corredor longe o bastante para Abene não estar no caminho de qualquer fogo amigo perdido. (A arma de Wilken estava disparando tão rápido que eu presumi que ela não estava tendo muito tempo para mirar.)

Miki chegou um segundo depois. Coloquei Abene no chão e ela cambaleou antes que Miki a segurasse. Essa é outra coisa que odeio em segurança humana. Se Wilken fosse uma UniSeg, minha prioridade seria clara: seguir em frente para recuperar Hirune, levá-la, com Abene, para um lugar seguro, e então voltar para recuperar/limpar seja lá o que tivesse sobrado de Wilken e do hostil. Só que Wilken era humana, então eu precisava voltar para recuperar aquela infeliz agora.

Miki mandou uma imagem no meu feed e disse: *É um robô de combate!*

É, agora me conte algo que eu não sei, Miki. Eu tinha conseguido uma imagem nítida do robô saltando enquanto atravessava a sala com Abene. Falei para Miki: *Fique com Don Abene*, e corri de volta pelo corredor.

De novo: eu sei que relatar o que aconteceu faz parecer que eu estava no comando da situação, mas a verdade é que eu ainda estava só pensando *merda, merda, merda*. Robôs de combate são mais rápidos, mais fortes e têm mais armas do que eu. Mesmo se houvesse um feed de SysSeg funcionando, eu não tinha como hackear um robô de combate sem fazer uma conexão física e direta, e tentar uma coisa dessas faria com que eu fosse desmembrado. (Eu já passei por um desmembramento antes, e aquilo estava bem lá no topo da lista de coisas que eu queria evitar.)

A única coisa boa de um robô de combate era que ao menos não eram UniSegs de combate. Essas são ainda piores.

Saí do corredor quase na minha velocidade máxima e tive tempo de captar uma imagem clara da situação para planejar meu ataque. (Eu deveria colocar “planejar” entre aspas, porque é muito difícil planejar qualquer coisa nessas circunstâncias.)

Wilken estava no chão e tinha acabado de perder sua arma grande. O robô de combate estava agachado em cima dela. Sua forma era parecida com a de um robô humanoide. Meio parecido com Miki, se Miki tivesse três metros, diversas armas acopladas ao peito e às costas, quatro braços com mãos modificadas para cortar, rasgar, atirar bombas de energia etc. e uma personalidade pouco cativante.

Subi na parede só o suficiente para me colocar na trajetória certa e então peguei impulso para pular e cair em cima da cabeça do robô de combate. As câmeras e os sensores ficavam ali em cima, mas o lugar onde fazia o processamento de verdade e guardava a memória ficava na parte inferior do abdome. (Miki também era assim; ficava mais protegido já que as pessoas sempre tentam atirar na cabeça.) (Ao menos as pessoas sempre tentam atirar na minha cabeça, então presumi que isso acontecia com todos os robôs.)

O robô de combate sabia que eu era uma UniSeg, pois sua pele enviou um pulso que fez com que meus sensores de dor estourassem. (Eu já antecipara essa estratégia e já os tinha diminuído, mas, ainda assim, não era uma sensação agradável.) O pulso seguinte deveria fritar minha armadura e minha arma de projéteis explosivos. Como eu tinha deixado as duas em Porto ComércioLivre, não aconteceu nada comigo, e esse erro me deu o meio segundo de que eu precisava para enfiar a abertura da minha arma de energia do braço direito contra seus medidores sensoriais. Ativei a arma em capacidade máxima.

Eu precisava daquele meio segundo, porque, assim que disparei a arma, o robô ergueu o braço e bateu com força para me tirar da sua cabeça. Caí no chão e deslizei por três metros, mas o robô cambaleou para os lados, temporariamente (e não posso enfatizar esse "temporariamente" o bastante) cego, surdo e sem habilidade de escanear movimentos ou energia, incapaz de selecionar um alvo para suas armas integradas.

Wilken tinha acabado de rolar para o lado quando me endireitei. Agarrei um pacote de explosivos do cinto dela e me joguei em cima do robô de combate. A julgar pelo estouro de estática no feed, o robô acabara de recuperar os sensores, mas eu já tinha acertado o lugar bem acima da articulação do quadril direito e enfiado o pacote de explosivos ali.

O robô me agarrou pela cabeça e pelos ombros, sua mão grande me apertando, e senti a movimentação no metal que significava que alguma coisa afiada iria sair de lá. Eu pensei *bom, ok, não funcionou*. Ele poderia ter me destruído com qualquer uma das muitas armas disponíveis no torso, mas estava com raiva e queria me machucar. Foi aí que ouvi o baque abafado do pacote de explosivos.

O pacote tinha duas cargas e essa foi a primeira, projetada para cavar um buraco na blindagem pesada. Teria o mesmo efeito na carapaça de um robô de combate. Eu ainda estava conectado ao feed de Wilken, então ouvi a contagem regressiva começar.

Se o robô de combate fosse um pouquinho mais inteligente, teria usado um momento para esmagar minha cabeça, mas seu modo defensivo fora ativado, e ele me empurrou para se concentrar no explosivo.

Caí no chão outra vez e me arrastei para trás enquanto o robô tentava pegar o pacote. Wilken ficou de joelhos e abriu fogo contra o peito e a cabeça do robô. Ela acertou os sensores e as aberturas de armas, o que eu devia admitir que era uma boa ideia. Impedia o robô de mirar em nós enquanto esperávamos o explosivo funcionar.

O invólucro de plástico se soltou, mas o explosivo já estava embrenhado na carapaça do robô. Ele tentou inserir uma sonda no buraco para extrair o explosivo. Wilken conseguiu acertar a junta vulnerável enquanto ela se estendia. Aquilo nos garantiu os dois segundos de que precisávamos. Coloquei as mãos por cima da cabeça, diminui a audição e rolei para longe.

A explosão soou abafada, mas senti a vibração quando o corpo do robô caiu no chão. Fiquei em pé, mais chocado que tinha funcionado e que eu continuava vivo e funcional do que qualquer outra coisa. (É assim que ensinam as UniSegs a lutarem: atire seu corpo em cima do alvo e mate-o de qualquer jeito, e aí torça para conseguirem consertar o estrago no cubículo de reparos. Sim, eu sei que não tinha mais armadura ou acesso a um cubículo de reparos, estava extremamente ciente desse fato, mas é difícil abandonar hábitos antigos.)

O robô caiu no chão como uma pilha de destroços. A carapaça contivera a explosão, então não houve estilhaços. Aquele estouro danificara o processador do robô e outras partes importantes do abdome, mas ele ainda estava ativo.

— Preciso de mais explosivos — falei para Wilken.

Ela estava estirada no chão, mas a armadura protegera sua audição. Wilken puxou os pacotes do cinto e os estendeu para mim.

Eu os aceitei, ativei cada um e então os joguei dentro da carapaça aberta do robô, recuando em seguida.

Wilken se levantou e se afastou, cambaleante, enquanto mantinha o robô em sua mira.

Alcancei a entrada do corredor no instante em que os explosivos detonaram. Cada estouro fazia o corpo do robô sacudir e se contrair. Depois da última explosão, fiz uma leitura de atividade. O robô ainda tinha energia, mas os explosivos tinham destruído o processador primário e o secundário. Era o suficiente.

Wilken estava consultando o próprio sensor. Ela emitiu um som de alívio.

— Mandou bem. Vamos. Se uma dessas coisas está por aqui, com certeza devem ter mais.

Bem, era isso mesmo.

Segui Wilken pelo corredor onde Miki e Abene estavam. Abene colocara uma mão no braço de Miki, segurando-o de forma quase protetora. Quando nos aproximamos, ela o soltou e disse:

— Seja lá quem ativou essa coisa levou Hirune, correto?

— Só poder ser. — Wilken tentou parar, mas Abene seguiu pelo corredor, e Wilken precisou segui-la.

Tomei a dianteira, e Miki ficou ao lado de Abene sem precisar de uma ordem minha. O que era bom; Miki poderia não ser de grande ajuda em combate, mas ao menos eu sabia que Abene seria sua prioridade não importava o que Wilken dissesse para ele fazer.

Escutei Abene no feed da nave alertando Vibol e os outros, dizendo para continuarem a bordo e não saírem de lá sob circunstância alguma. Wilken enviou a gravação do ataque para Gerth, que confirmou o recebimento. Foi mais profissional do que Kader, que estava claramente agitado, mas relatou que tinham enviado um alerta para a estação de trânsito e estavam mantendo a Autoridade Portuária atualizada.

— Nunca vi saqueadores com acesso a robôs de combate, mas para tudo tem uma primeira vez — acrescentou Wilken.

Eu tinha bastante certeza de que o robô de combate fazia parte do equipamento original da instalação. Estávamos falando de GrayCris, cujo lema empresarial parecia ser "vamos obter lucros matando todo mundo e roubando suas coisas".

Abene não respondeu. Depois do que eu revelara, ela provavelmente também não achava que estávamos lidando com saqueadores.

— Eles vão saber que estamos indo atrás deles.

Eles já sabiam disso, enviei no canal que tinha com ela e Miki. E agora os outros robôs de combate saberiam que uma UniSeg estava presente e ajustariam sua estratégia de acordo.

Queria eu ter uma estratégia.

[*Solicitação: UniSeg ativa em zona de observação.*]

Eu parei. Não gritei, embora tenha considerado a possibilidade por 0.02 segundos.

Eu tinha quase certeza de que tinha mantido o rosto neutro, mas Abene e Miki se viraram para me olhar. Wilken continuou andando.

Voltei a andar, tentando descobrir de qual canal aquilo estava vindo para que pudesse bloqueá-lo.

[*Solicitação: responda.*]

No meu feed, Miki perguntou: *UniSeg, o que é isso?*

Não responda, Miki. É um robô de combate tentando descobrir nossa posição. Robôs de combate não conseguem hackear como UniSegs. Eles não trabalham conectados a um Sys-

Central ou SysSeg como nós. Ainda assim, não queria aquela coisa dentro da minha cabeça. Ou da cabeça de Miki.

[*Solicitação: UniSeg tem unidade subordinada.*] Soava implacável e também zombeteiro. [*Solicitação: um robô de estimação.*]

Eu estava quase conseguindo.

[*Objetivo: vamos esmagar vocês.*]

Bloqueei o canal. Respirei fundo, lentamente, para não chamar a atenção dos humanos. Miki me enviou um símbolo de aflição. Eu disse que estava tudo bem, o que era uma completa mentira. Lembrei a mim mesmo que o robô de combate não era um humano, não era um vilão em uma das minhas séries. Era um robô e não estava nos ameaçando.

Só estava avisando o que iria fazer.

Robôs de combate normalmente precisam de um humano para controlá-los. Bem, precisavam de controle humano quando estavam tentando executar um objetivo. Se o objetivo fosse algo abrangente como "ataquem todo mundo que aparecer na instalação enquanto disfarçam o feed de vocês para parecer a estática criada pela tempestade", talvez não precisassem de ordens mais detalhadas. Só que capturar um prisioneiro e nos atrair mais adentro da instalação de fato indicava a existência de um plano. Talvez GrayCris tivesse deixado um agente na estação, para ficar de olho enquanto fingia trabalhar para a Autoridade Portuária. Essa pessoa teria visto quando nossa nave partiu e quando atracou na instalação, e teria estimado quanto tempo levaria para a equipe chegar a um dos setores para começar a avaliação. E então pôde enviar um sinal para ativar os robôs de combate.

Um sinal que passaria pelos escudos da instalação? Talvez.

Seria bom saber quantos robôs estavam lá, mas ao menos agora eu sabia a localização da primeira armadilha. Ela fracassara, então os robôs de combate ajustariam sua posição para criar uma segunda armadilha. Analisei o diagrama de novo e vi que estávamos prestes a chegar no polo central.

— Don Abene, preciso averiguar o que nos espera adiante — falei. — Seria melhor se Wilken viesse comigo enquanto você e Miki esperam aqui.

No feed, acrescentei: *E precisamos nos apressar.*

Abene era muito a favor de nos apressarmos e eu não queria abrir uma brecha para Wilken discordar.

— Sim, vá em frente — respondeu Abene.

Segui pelo corredor, andando mais rápido. Wilken hesitou e depois me seguiu, a armadura energizada permitindo que me alcançasse.

— Espere — disse ela. Parei, só para deixar ela vencer uma, e porque dava para ver pela atividade no feed que ela estava verificando o diagrama. — Entendi. Vamos.

Deixei que Wilken fosse na frente.

Seguimos por um tubo que contornava o núcleo central e fazia uma curva em direção à engenharia. Eu estava fazendo varreduras contínuas à procura de drones, mas ainda recebia resultados negativos. Eu me conectei ao feed de Miki. *Você checou a situação da nave recentemente?*

Ele respondeu: *Estou monitorando o feed de Kader a pedido de Don Abene e verificando o status do sistema de bordo a cada 2.4 segundos, UniSeg. Ejiro está na baia médica e é esperado que se recupere completamente.*

Aquela foi a primeira vez que escutei Miki soar minimamente irritado. Eu me senti vagamente encorajado por isso, por algum motivo. *Entendido, só estava verificando.*

Miki me mandou um símbolo de sorriso. *É bom verificar como estão seus amigos.*

Bom, eu mereci essa.

O tubo fazia uma curva à frente, e, como eu suspeitara, vi as sombras e a luz tremulando de uma forma que indicava janelas grandes nas duas paredes. O que nós estávamos prestes a fazer era uma tática óbvia, e os robôs de combate poderiam ter mandado drones em miniatura até ali para checar se faríamos o esperado. No entanto, eu não estava captando nenhum sinal de vigilância, movimento ou estática suspeita nas minhas varreduras. Era um ponto a favor da minha teoria de que ninguém os controlava no local; o diagrama não mostrava que esses tubos de acesso tinham janelas, era só algo provável considerando o restante da arquitetura da instalação. Não era algo que um robô de combate deduziria.

Eu me abriguei na sombra de uma parte opaca do tubo, e Wilken parou logo depois. No feed, vi que ela estava ajustando a ampliação na câmera do capacete.

Uma das laterais transparentes tinha vista para o polo central do setor de engenharia.

Estava apenas 22 metros abaixo de nós, e dava para vermos dentro dele através do teto grande e curvo, idêntico àquele que encontrei no setor geológico. Wilken encostou a câmera do capacete na parede transparente e então enviou o vídeo para mim.

Eu conseguia ver o movimento e extrapolar as posições por contra própria, mas a vista ampliada ajudava.

Um robô de combate cruzou o polo enquanto observávamos, passando embaixo de uma estrutura esculpida no centro que era parte escadaria para a galeria acima, parte manifesto artístico. A sonda de Wilken registrou movimento energético no andar superior, e, pelo padrão, identifiquei que era um agrupamento de drones de combate. Na maioria dos meus contratos, tinham enviado um modelo de drone bem menor (e mais barato), projetado para coletar informações e mais preparado para roubar os dados proprietários dos clientes, além da tarefa de ficar de olho no perímetro da base e certificar que nada se aproximasse das equipes em campo sorrateiramente. Esses eram de um modelo maior, que tinha capacidade de processamento, escudos extras e uma arma de energia.

Ainda fazendo a varredura, Wilken murmurou:

— Então temos mais um robô de combate, além dos drones.

Enfrentávamos pelo menos dois outros robôs de combate; um estava afastado, sob a sombra da galeria suspensa. Wilken não notara, mas eu estava inferindo sua existência baseado nos padrões energéticos que a sonda dela captara. Eu apostaria que ainda tinham mais um ou dois de reserva ou ativos em algum outro lugar da instalação. Provavelmente posicionados entre nós e a nave, porque a vida é assim.

— Ali está o alvo — disse Wilken, enfim.

Por "alvo", ela quis dizer a cliente dela, Hirune, que estava no chão ao lado da escadaria. (Nunca se refira aos clientes como alvos; você não quer acabar se confundindo no momento errado.) (Isso foi uma piada.) Hirune estava deitada de lado, de costas para nós, e eu não conseguia identificar se estava viva. Tinha outra coisa me preocupando.

— Por que escolheram o setor de engenharia?

Nós precisaríamos passar pelo polo central para chegar até ali, e, a não ser que houvesse uma armadilha nesse ponto, o setor atmosférico era um local mais próximo e mais fácil de defender, já que tinha apenas uma entrada. O setor de engenharia tinha acesso pelo polo central e por um segundo tubo que se conectava com o setor de produção, além de um acesso via elevador bem no centro, embaixo da galeria.

— Vai entender o que se passa na cabeça de um robô — disse Wilken, e então olhou para mim.

Encarei adiante. Se tinha uma coisa boa nessa situação, era que estava validando minhas decisões de: a) hackear meu módulo regulador e, b) fugir. Ser uma UniSeg era uma merda. Mal podia esperar para voltar aos meus dias de farra e rebeldia pegando carona em transportes pilotados por bots e assistindo minhas séries.

— Vamos — acrescentou Wilken. — Eu tenho um plano.

É, eu também tenho um.

Agora que sabíamos onde os robôs de combate estavam, Wilken guiou nosso grupo pelo acesso central até o setor de produção, onde poderíamos pegar o tubo de acesso até o setor de engenharia. Ou onde eu poderia pegar o tubo de acesso, porque esse era o plano dela.

— Vamos mandar a UniSeg para distrair os robôs, aí eu entro e recupero Hirune — disse Wilken para Abene.

Miki inclinou a cabeça. Abene franziu as sobrancelhas e lançou um olhar assustado em minha direção.

— Certamente isso é suicídio.

— É uma UniSeg — disse Wilken, paciente. — É o que elas fazem.

Miki sinalizou alarme através do feed. *Esse não é um bom plano, UniSeg.*

— Isso vai contra os padrões de operação da SI. — A expressão de Abene ficou dura outra vez.

— Você não quer Hirune de volta? — perguntou Wilken, com as sobrancelhas erguidas.

Observei o rosto de Abene. Ela estava em conflito, dividida entre o medo que sentia por Hirune e a aflição de me mandar para o que provavelmente seria uma morte terrível, mas pelo menos rápida. Foi interessante de assistir, porque ela sabia que eu era uma UniSeg.

— Precisa haver outro jeito — disse Abene, entredentes. — Especialista Rin certamente não permitiria algo do tipo.

Abene tinha dito que nunca trabalhara com uma UniSeg antes, e Miki sequer tinha registro sobre nós em sua base de conhecimento. Além disso, Abene era uma humana com um robô de estimação; por isso devia estar pensando em mim como o bichinho de estimação de Rin, como Miki era o dela.

Não tínhamos tempo para discutir, e eu realmente não queria que ninguém ficasse pensando muito em Rin, cuja existência fictícia parecia cada vez mais questionável, ao menos para mim.

— Está tudo bem, Don Abene. É o meu trabalho — garanti.

Ainda assim, foi extremamente difícil não soar irônico.

Na nossa conexão particular, eu disse para ela e Miki: *Está tudo bem, tenho outro plano. É mais seguro para Hirune desse jeito.*

Tem certeza?, perguntou Abene, e então: *Você não quer contar seu plano para Wilken.*

Não, eu não queria, em grande parte porque não queria que ela me desse ordens que eu teria que ignorar. E também porque eu só tinha uma ideia meio vaga do que queria fazer; ia improvisar o resto. *Você é a minha cliente. Pode me monitorar através dessa conexão.*

— Precisamos ir agora. Me dê sua arma — falei para Wilken.

— Quê? — Wilken não se posicionou para atirar, mas a forma como a armadura dela se mexeu de leve me fez pensar que aquele tinha sido seu primeiro impulso.

— Se vou entrar primeiro, vou precisar de uma arma de projéteis — justifiquei. Eu só queria ver o que ela ia fazer.

— Não, estarei logo atrás de você — respondeu Wilken, não tão paciente. — Vou ficar na escotilha entre o corredor do setor de produção e o tubo, para cobrir você. — Ela seguiu em direção ao corredor, dizendo para Abene: — Espere aqui. Se eu enviar uma mensagem no feed para você correr, volte para a nave.

Segui Wilken, como uma boa UniSeg/máquina mortífera obediente.

Atrás de mim, Miki se posicionou para observar nosso avanço pelo corredor, enviando a visão da câmera para Abene.

Assim que estávamos longe o suficiente, Wilken colocou o comunicador e o feed no mudo e me perguntou em voz alta:

— Recebeu alguma notícia de Rin?

— Não, o feed da estação está fora de alcance. — Wilken já sabia disso. — Posso tentar contato pelo comunicador se deseja falar com ela.

Eu poderia falsificar essa conversa, mas precisaria de um tempinho para trabalhar nisso.

Felizmente, Wilken decidiu que não queria convidar outra pessoa especialista em segurança para opinar sobre a estratégia dela, especialmente considerando que ela pretendia matar a UniSeg contratada dessa mesma pessoa. Eu não sabia quanto as empresas seguradoras cobravam dos clientes quando éramos abatidos, mas provavelmente era muito dinheiro.

Imaginei que o plano de Wilken era me mandar para lá, selar a escotilha e, depois que os robôs de combate me matassem, ela diria a Abene e Miki que tinha feito o possível e que agora precisavam voltar para a nave e ir embora. Sem uma UniSeg ao seu lado, Abene não estava armada e não usava armadura energética, e Wilken poderia arrastá-la de volta se Abene resistisse. É claro que, se Wilken tocasse em Abene, Miki iria intervir, mas não sei se Wilken entendia isso.

Chegamos ao entroncamento da escotilha e Wilken parou.

— Boa sorte — disse ela.

Vá tomar no seu cu, pensei e continuei andando.

Ok, eu não estava muito feliz com essa história. Não era como se eu tivesse um cubículo de reparos esperando por mim em algum lugar. Eu poderia me consertar com um SysMed, mas precisaria ter acesso a um, e o mais próximo estava a bordo da nave de suprimentos ainda atracada na estação. Só que eu sabia que meu plano ia dar certo.

(Eu esperava que meu plano desse certo. Estava questionando muito meu juízo ultimamente.)

Enquanto eu seguia pelo tubo de acesso, fora da vista de Wilken, minimizei o canal dela e me conectei a Miki e Abene para dar aos dois o visual do meu feed. (Não é tão bom quanto uma câmera de capacete, porque usa meus olhos para gravar, então acaba tremendo muito.) Miki estava falando, mais para Abene do que comigo, mas parei de escutar. Estava tentando pescar um drone.

Eu estava fazendo pequenas transmissões cheias de estática em um canal aberto. O drone deveria ler aquilo como o sinal de um comunicador de voz, como se algum humano coitado estivesse perambulando por aqui, pedindo por ajuda no comunicador em vez de usar as interfaces seguras que Abene, Miki e Wilken estavam usando para acessar nosso feed.

Esse plano poderia virar um tiro no pé caso os drones decidissem que iriam todos aparecer por aqui para me pegar, mas achei isso pouco provável. Os robôs não tinham enviado os drones atrás de nós porque não queriam que soubéssemos deles, provavelmente o plano era usá-los para atacar a nave; e eu estava torcendo para os drones terem sido ordenados a proteger o perímetro, então apenas uma sentinela viria investigar.

Cheguei em um ponto do tubo onde um conector tinha compartimentos vazios para guardar maquinário. Eram cubículos escuros, e eu entrei em um. Meu sensor estava em seu alcance máximo, ainda enviando meu sinal chamariz entrecortado. Então recebi uma resposta. Uma explosão de estática, como um comunicador tentando me responder e sendo abafado pela interferência.

Uma UniSeg normal (sabe, uma que ainda tivesse um módulo regulador funcional, menos ansiosa do que eu, mas provavelmente mais deprimida) poderia executar essa parte, contudo, ficaria restrita às respostas limitadas disponíveis no módulo de subterfúgio. Um drone poderia reconhecer que essas respostas estavam vindo de outra unidade de combate e não de um humano. De qualquer forma, eu não tinha um módulo de subterfúgio (nunca tinham me dado esse upgrade, provavelmente por causa de RaviHyral e aquela história de "matar todos os clientes", vai saber), então usei trechos de diálogo das minhas mídias armazenadas, isolados e processados para eliminar efeitos sonoros e música, e remover qualquer código identificador presente no áudio. Enviei minha mensagem pré-gravada, artisticamente entrecortada por estática:

— Você está... não encontro... onde... a nave...

Em resposta, o drone enviou outra explosão artística de estática. Pela força do sinal, estava chegando mais perto. Fiquei onde estava, aguardando.

No feed, Miki disse: *Estamos preocupados com o que está fazendo, UniSeg.*

Nada no perímetro do meu sensor ainda, então eu tinha tempo de conversar. *Por que está preocupado, Miki?*

Porque não sabemos o que você está fazendo. Wilken disse à dra. Abene no canal que você não está fazendo nada...

O drone tinha acabado de entrar no perímetro do meu sensor, movendo-se lentamente para não alertar o humano que acreditava estar ali. Escondido no cubículo escuro, eu tinha parado de respirar e interrompido qualquer outra atividade que pudesse ser detectada. Eu o aticei com um pouco mais de áudio. O diagrama mostrava esses compartimentos como parte de uma estação de análise de gás atmosférico, então o drone não fazia ideia de que havia espaço suficiente para algo do tamanho de um humano se esconder. Confuso com a passagem aparentemente vazia, o drone tentou rastrear o sinal. E eu enviei para ele uma lista compactada de chaves de acesso de drones.

(Isso não faz parte do módulo de subterfúgio, e não está no pacote dos SysSegs providenciados pela empresa. Eu tinha duplicado os dados proprietários de um cliente da empresa que trabalhava com medidas de contra-ataque para drones de combate. Tinha sido difícil não deletar esse arquivo e encher o espaço com novos seriados, mas sabia que alguma hora seria útil.)

Uma das chaves funcionou e o drone entrou em modo de hibernação. Dei uma procurada em seu código de controle por um ou dois minutos, me certificando de que eu sabia como funcionava. Essa unidade, assim como todos os outros drones (havia trinta ativos), e três robôs de combate estavam operando todos no mesmo feed seguro. Todos os drones estavam no saguão do setor de engenharia com dois dos robôs de combate. O terceiro robô estava ativo e dentro da instalação, mas não havia uma localização para ele. (Tive a sensação ruim de que estava indo em direção à nave para nos brecar.) Os robôs tinham mais camadas de segurança e, mesmo agora, com acesso à rede deles, se eu começasse a tentar hackeá-los, eles teriam tempo de correr até aqui e me matar. Mas eu tinha como assumir o controle dos drones.

Em vinte segundos, todos os drones agora eram meus novos amiguinhos.

Ah, entendi, disse Miki. *Tudo bem.*

Só que eu precisaria agir rápido. Ordenei ao Drone Um que continuasse em modo de hibernação e aos outros 29 que se voltassem contra os dois robôs de combate no setor de engenharia. Então, comecei a correr.

Virei a curva, passei por duas escotilhas abertas. Já estava escutando tiros de armas de energia e projéteis, metal batendo nas paredes e aquele gemido engraçado e estridente que os drones de combate emitem quando são atacados. Eu não estava controlando nenhum individualmente; assim que dei a ordem, os drones sabiam o que fazer, e tentar pilotá-los só os deixaria mais lentos.

Acelerei quando vi a entrada do setor de engenharia. Cheguei ao final do corredor em velocidade máxima e me atirei em um mergulho.

O saguão central tinha virado uma zona de guerra. Aterrissei deslizando pelo chão. O robô de combate mais perto da porta se debatia loucamente com o enxame de drones disparando e mergulhando em cima dele. Ele esperneava como um furacão de metal irritado, e disparos aleatórios de sua arma batiam nas paredes, no chão e nas colunas. Mas ele conseguiu atingir um drone com sua mão cortante e estilhaços voaram pela sala. Eu já tinha reduzido meus sensores de dor, mas ainda assim senti o impacto nas costas e no ombro, pequenos baques que significavam que algo tinha cortado minhas roupas e perfurado minha pele. (Isso parece aterrorizante? Porque foi aterrorizante.) O segundo robô tentou avançar, mas os drones formaram uma parede e se chocaram contra ele, forçando-o para trás com uma névoa de disparos e os próprios corpos metálicos.

Fiquei em pé, mergulhei outra vez e cheguei ao lado de Hirune. O corpo dela parecia intacto e não vi nenhuma poça de sangue, mas eu não tinha tempo para checar se ela estava viva. (Não importava. Em um resgate como aquele, os humanos não acreditariam que o refém estava morto a não ser que eu trouxesse o corpo de volta.) Eu a peguei no colo e agora vinha a parte difícil: precisava sair correndo do salão.

Os robôs tiveram tempo de entender que: a) a UniSeg estava presente, b) a UniSeg assumira controle dos drones deles e consequentemente, c) estavam muito putos com essa UniSeg. Eu saí correndo em direção à porta.

Os dois robôs tinham eliminado quase 23 drones, cada um deles uma conexão leve que se apagava na minha consciência. Porém, os drones tinham causado muito dano, atacando juntas, aberturas de armas e mãos. Pela câmera de um drone sobrevivente, vi que o robô às minhas costas tinha se jogado em minha direção enquanto eu me afastava, mas acabou caindo de joelhos. Os drones estavam concentrando os disparos nas articulações do tornozelo enquanto os outros o distraíam.

O robô na minha frente se impeliu para bloquear a porta. E eu virei à direita e corri direto para o entroncamento do elevador.

Os robôs de combate tinham assumido o controle do sistema de elevadores como eu avisara a Brais, só que eles não são capazes de hackear como uma UniSeg. Eu não tinha tentado controlar o sistema inteiro, somente esse único elevador, dizendo que deveria me esperar ali. Obedientemente, a porta se abriu quando eu me aproximei. Ordenei que me levasse ao setor de produção. A porta se fechou sobre um conjunto de dedos de metal afiados e o elevador me levou embora.

O Drone Um ainda estava esperando no corredor, e ordenei que fechasse as escotilhas do entroncamento entre o setor de engenharia e o de produção, fizesse furos nas paredes e fundisse os controles manuais. Ele entrou em ação no instante em que o elevador parou e abriu as portas.

Saí em um entroncamento vazio no setor de produção e enviei o código que eu preparara para o sistema de elevadores. Isso desligou o sistema inteiro, travando-o com uma senha. Os robôs de combate conseguiriam passar pela senha se tivessem os módulos de código corretos e se dedicassem recursos a isso — recursos que poderiam ser usados para outras coisas. Ainda assim, me ganharia um tempo crucial. Se tudo desse certo.

Agora que tinha tempo de avaliar minha própria condição, aumentei um pouco os sensores de dor. Os impactos que tinha sentido se transformaram de dores embotadas em uma queimação afiada, como pequenos explosivos sob minha pele. Ai, ai, ok, que dor. Travei as articulações do joelho para continuar em pé e aumentei o consumo de ar.

Eu tinha sido atingido por diversos estilhaços dos drones sendo serrados ao meu redor. Levei dois tiros de armas de projéteis, um na lateral esquerda e um no ombro esquerdo. Tinha bastante certeza de que eu tinha sido atingido por balas perdidas que deveriam ter acertado os drones. Se os robôs tivessem conseguido mirar em mim, eu estaria despedaçado. Reduzi os sensores de dor outra vez e os locais de impacto se atenuaram de explosões para brasas. (Sei que não é uma solução permanente, e fingir que coisas ruins não estão acontecendo não é uma excelente estratégia de sobrevivência a longo prazo, mas não havia nada que eu pudesse fazer sobre aquilo agora.) O braço onde eu tinha guardado meus chips de memória não estava danificado, o que era um alívio.

Comecei a percorrer o caminho em direção ao setor de produção, onde os outros estavam.

Pedi um relatório para Miki pelo feed porque nem ele nem Abene estavam dizendo nada, e eu não tinha certeza do que tinham conseguido ver pela minha câmera. Naquele momento, a mão enluvada de Hirune apertou meu ombro.

Felizmente, eu me lembrei que estava carregando um ser humano possivelmente vivo e não gritei ou a deixei cair nem nada. O capacete com o microfone do comunicador tinha sido arrancado, e a cabeça dela estava apoiada no meu ombro.

— Quem é você? — perguntou ela, arrastando as palavras.

Eu estava distraído, e o que saiu foi minha resposta padrão.

— Sou sua UniSeg contratada.

Eu estava distraído porque um ruído confuso estava vindo da conexão com Miki e Abene. Não era uma comunicação enviada pela interface do feed, era um áudio; Miki estava me mandando o áudio do comunicador aberto.

— Quem enviou você? — gritou Abene, a voz rouca e cheia de raiva. — GrayCris?

No meu ombro, Hirune emitiu um som de "hein?" confuso.

Eu conseguia ouvir outra faixa de áudio, mas estava baixa demais para identificar. Precisei gastar quatro segundos convertendo-a em um espectrograma antes de reconhecer. Eram dois barulhos, o guincho baixo das articulações de Miki e o guincho mais estridente da armadura energética, em uma medição de forças.

Bom, que merda.

Eu, de fato, cometo erros (mantenho uma lista atualizada em um arquivo especial) e aparentemente tinha cometido um dos grandes. Eu interpretara todos os comportamentos de Wilken como se fossem por minha causa: o desconforto e a paranoia associados a uma UniSeg ter aparecido do nada, supostamente enviada por outra pessoa especialista em segurança cuja existência deixava implícito que os clientes não confiavam nela nem em Gerth. (Eu sei, "é tudo culpa minha" geralmente é uma coisa humana.) Só que agora tudo indicava que ela estivera apreensiva por um motivo completamente diferente.

A parte boa de contratar segurança de uma empresa como aquela que tinha sido minha dona é que, para contratos pequenos, você ia até um escritório da empresa para retirar o equipamento, e, para contratos grandes, tudo chegava em um transporte da própria empresa. Isso reduz em muito as oportunidades de alguém aparecer fingindo ser sua equipe de segurança quando, na verdade, foram contratados para matar você.

Wilken e Gerth eram boas. Eu tinha escutado e analisado tudo o que tinham conversado na Nave e não detectara nada. Só que, até aí, se trabalhavam para GrayCris, estariam cientes do tipo de vigilância que empresas seguradoras praticavam na Orla Corporativista.

A essa altura, meu drone tinha chegado na escotilha onde Wilken deveria supostamente estar me esperando. Ela não estava lá, obviamente, já que estava ocupada traindo os próprios clientes. (Quando eu disse que não gostava de humanos trabalhando com segurança você achou que eu estava sendo um cuzão à toa, certo?)

Usei minha conexão ao feed de Miki e acessei a visão da câmera. Putz, nada de bom mesmo. A imagem estava tremida, mas consegui ver que

Miki tinha encurralado Wilken contra uma pilastra. Um braço de Miki prendia o pulso direito de Wilken contra o pilar enquanto ela tentava mirar a arma de projéteis na direção de Abene. Alguma coisa estava errada com a mão de Miki, mas eu não tinha uma visão clara e não queria distraí-lo naquele momento iniciando um relatório de danos. O outro antebraço de Wilken pressionava o rosto de Miki como se estivesse tentando empurrá-lo, mas não era isso que estava fazendo. Ela tinha armas de energia embutidas no antebraço da armadura e estava tentando encontrar uma boa posição para explodir a cabeça de Miki.

(Miki continuaria operacional sem a cabeça, mas os sensores e a câmera estavam ali, e seria uma coisa meio esquisita.)

Wilken tinha me barrado do feed dela, mas usei o de Abene para contornar o bloqueio: *Aqui é a UniSeg. Vamos conversar. Especialista Rin pode oferecer imunidade se testemunhar*. Eu torcia para aquilo ter feito sentido (era uma fala de *Santuário Lunar*) e tinha certeza de que parecia que eu estava enrolando. Eu não estava enrolando e não precisava que ela me respondesse, só precisava que ela se distraísse o suficiente para não notar o que eu estava fazendo no feed dela. *Seus chefes serão pegos. Seja lá o que pagaram a você, não vai compensar passar uma temporada na prisão.* (Ok, isso também era de *Santuário Lunar*.) Enquanto isso, eu estava freneticamente procurando pelo código certo. As empresas que fazem armaduras energéticas são diferentes das que fazem SysSegs, drones de inteligência, câmeras etc., e a arquitetura do sistema era diferente, o que tornava tudo mais difícil.

Abene estava segurando a arma de projéteis de Wilken, tentando ajudar Miki a afastá-la, mas não tinha muita chance contra a armadura. Dava para ver que ela não sabia sobre a arma de energia no antebraço, que apresentava um perigo muito maior. No feed, ouvi Abene dizer a Miki para soltar Wilken e sair correndo, e Miki se recusando a cumprir a ordem baseado no fato de que Wilken atiraria em Abene. Que deveria estar fugindo, francamente, mas que não iria a lugar algum sem Miki, óbvio.

Cheguei na entrada do salão do setor de produção, onde Abene e Miki lutavam contra Wilken. A arma de energia deslizava lenta, mas inexoravelmente ao lado da cabeça de Miki, apesar dos esforços do robô para segurá-la, e de Abene estar pendurada no outro braço dando pontapés. Se eu não conseguisse encontrasse esse código em cerca de trinta segundos, precisaria soltar Hirune e fazer da forma difícil.

Em um outro canal, o Drone Um relatou que não estava detectando nenhuma atividade que indicasse que os robôs de combate estivessem tentando explodir as escotilhas que eu tinha selado e travado. O Drone Um tinha sido cortado da rede e não conseguia mais reportar movimentos de unidades ativas. O que significava que os robôs de combate tinham parado para reparar uns aos outros. (Sim, eles são autorreparáveis a não ser que o centro de processamento principal tenha sido destruído. Sim, isso é um saco e também aterrorizante.) Eles logo pegariam outra saída do setor de engenharia para nos perseguir. Como se eu já não estivesse fazendo um milhão de coisas ao mesmo tempo.

Analisando freneticamente a armadura de Wilken, finalmente encontrei o código certo. Foi um alívio. Abri um canal e enviei o comando de "congelar" no feed.

O motivo de a empresa não usar armaduras energéticas como a de Wilken não é só porque ela é muquirana. Armaduras energéticas como aquela podiam ser hackeadas.

Miki se desvencilhou e deu um passo para trás, ainda colocando o corpo entre Wilken e Abene. Wilken tinha parado como uma estátua (literalmente), o rosto fazendo uma careta enquanto gritava em um comunicador que não estava mais funcionando. (Eu desabilitara seu comunicador e seu feed; queria que as circunstâncias atuais fossem uma surpresa para Gerth.) A arma de projéteis começou a cair dos dedos congelados de Wilken e Abene deu um pulo para a frente, agarrando-a.

Agora eu conseguia ver o dano de Miki; ele recebera dois impactos energéticos na placa torácica e a mão era só um cotoco.

— Está tudo bem, travei a armadura dela — disse.

Voltei o feed de Miki, vendo tudo por alto para entender o que tinha acontecido. Wilken tinha esperado eu estar ocupado com os robôs de combate e então retornara até onde Abene e Miki estavam. Ela tinha corrido, dizendo que tinha algo importante para dizer a eles fora do feed e do comunicador. Então, pegara Abene pelo cabelo — que ainda estava solto, o capacete deixado para trás depois que eu quebrara a trava para livrá-la da garra coletora.

Wilken tinha apontado uma arma para a cabeça de Abene e dito: "Sinto muito, não é pessoal". Aquele comentário custara a ela o abate, considerando que tinha dado tempo para Miki se jogar entre as duas e forçar a arma para longe. (Só porque Miki era um robô de estimação que carregava coisas para os humanos não significava que não era forte o bastante para enfrentar uma armadura energética.) Wilken tinha disparado a arma, destruindo a mão de Miki, mas isso também não o desmotivara.

Abene me viu e ofegou.

— Hirune...

— Está viva — falei, porque agora Abene estava armada, e humanos traumatizados com armas destravadas me deixam nervoso.

— UniSeg, a consultora Wilken tentou atirar em Don Abene — contou Miki, chateado.

Abene pendurou a arma no ombro e correu na minha direção. Ela tocou o rosto de Hirune, e depois ergueu o olhar para mim.

— Ah, obrigada, muito obrigada.

É bom quando agradecem.

— Miki, relatório de danos — solicitei.

— Minha capacidade de funcionamento está em 86%. — Ele ergueu o cotoco do braço. — É só um ferimento superficial.

Puta que pariu. Abene se virou na direção dele, chocada.

— Miki, a sua mãozinha!

Ah, que ótimo, outra exibição de afeto entre Abene e Miki.

— Miki, segure Hirune.

Miki deu um passo em frente e estendeu os braços. Hirune estava apenas semiconsciente, mas segurava minha jaqueta com força. Abene gentilmente afastou os dedos dela e eu a coloquei nos braços de Miki.

Eu me virei para Wilken. Foi a coisa de agarrar o cabelo que me incomodou. Além do comentário "não é pessoal". Se Wilken tivesse atirado sem nenhum aviso, Abene estaria morta e Miki estaria despedaçado. Só que Wilken queria que Abene soubesse que tinha sido traída. Isso era pessoal.

Eu não gosto de nada pessoal.

Esse é outro motivo de eu não gostar de consultores de segurança humanos. Alguns deles curtiam demais o trabalho.

Parei na frente de Wilken e peguei o cinto de utilidades que continha os pacotes de explosivos e outras ferramentas. Ela me fuzilou com o olhar através do capacete. Joguei o cinto por cima do ombro e disse:

— Don Abene, talvez não queira assistir isso.

Abene se virou de Miki e Hirune.

— Não! — gritou ela, e então, mais calmamente, acrescentou: — Eu sei que está com raiva por ela ter entregado você aos robôs de combate, mas não mate Wilken.

Eu não estava com raiva por minha causa. Ser mandado para lugares onde iriam atirar em mim era literalmente meu trabalho, ou tinha sido meu trabalho. Achei que tudo tinha acontecido rápido demais e Abene não tivera tempo de processar o que Wilken quase fizera com ela.

Deve ter ficado óbvio que o primeiro argumento não fora muito convincente, porque Abene continuou:

— Se ela estiver trabalhando para GrayCris, precisamos dela como testemunha.

Ok, aquilo, de fato, fazia sentido. O motivo de eu estar aqui era descobrir mais evidências contra GrayCris. Olhei através do capacete de Wilken. A expressão dela estava neutra, tentando disfarçar o medo. Sem conexão ao feed e ao comunicador, ela ainda conseguia nos ouvir, embora nossas vozes soassem como se estivéssemos no fundo de um túnel de mineração. Quando a armadura se desativou, algumas passagens se abriram automaticamente para permitir a circulação de ar, para que ela não sufocasse ou cozinhasse com o próprio calor. Eu poderia programar um comando para fechar os respiros assim que saíssemos, e Abene pensaria que foi um acidente.

Aí está o problema de se importar. Eu me importava com a sobrevivência de Wilken? Não muito.

— Precisamos ir — falei, e estendi a mão em direção à arma de projéteis de Wilken.

Abene me entregou a arma, e eu me afastei. Deixei Wilken lá, com os respiros abertos.

Enquanto Miki e Abene me seguiam, continuei:

— Os robôs no setor de engenharia vão vir atrás de nós assim que tiverem terminado os autorreparos, e o drone que capturei disse que tem mais um robô de combate ativo. Provavelmente está em algum lugar entre nosso grupo e a nave.

Também sabíamos que eles usariam qualquer equipamento que tivesse sido deixado na instalação contra nós. Eu não queria ter que lutar contra outra garra coletora.

Abene apertou o passo para me acompanhar.

— Não consigo falar com a nave via feed nem pelo comunicador — disse ela. — Miki também não.

— Eu bloqueei a conexão — informei a ela. — Não queria que dissessem nada que pudesse alertar Gerth.

Ao menos não até eu descobrir o que faria com Gerth. Eu não conseguiria hackear a armadura dela daqui, mesmo se desbloqueasse o feed. Os códigos de acesso das armaduras eram individuais (os fabricantes não eram completamente idiotas), então eu precisava estar perto o suficiente para conseguir investigá-lo.

— Entendi. — Abene, incrivelmente, não discutiu. Ou talvez não tão incrivelmente assim; ela era bem inteligente. — Suponho que seja pedir demais que Gerth não seja uma assassina contratada também.

— A análise vinda da nave de suprimentos sugere que trabalham juntas há algum tempo. Precisamos presumir que foram subornadas juntas, ou que em algum ponto desviaram e substituíram a equipe de segurança que sua empresa mandou — respondi.

— Desviaram — repetiu Abene. — Isso significa "mataram"?

— Provavelmente.

Quando embarquei na nave de suprimentos para ir até Milu, não cheguei a baixar nenhum noticiário local de HaveRatton, só as atualizações sobre Porto ComércioLivre e GrayCris. Se havia alguma reportagem sobre dois corpos encontrados com todos os identificadores queimados, eu não vi. (Não dá para atirar alguém no espaço estando em um aro de trânsito; a segurança fica de olho e não gosta nem um pouco desse tipo de coisa.)

— Com Gerth na nave, temos uma refém — complementei.

Odeio lidar com reféns. Mesmo quando sou eu fazendo reféns.

— Isso não é bom — comentou Miki.

Aquele tipo de coisa era irritante, sabe? Não contribuía em nada para a conversa, era só uma vocalização inútil para deixar os humanos mais confortáveis.

No feed, Abene estava fazendo uma rápida avaliação do meu vídeo do setor de engenharia. Tinha menos de um minuto, então não demorou muito.

— Wilken estava dando ordens aos robôs? — perguntou ela. — Talvez agora entrem em hibernação sem ela. Mas, se forem controlados por Gerth, continuamos na mesma.

— Não acho que ela ou Gerth estivessem dando as ordens. Estava vigiando o feed delas e teria percebido, mesmo se estivesse criptografado — respondi.

As duas não tinham conversado muito entre si, o que, pensando bem, era meio suspeito. (Eu sei, olhar as coisas em retrospecto é ótimo.)

— Os robôs de combate podiam estar em modo de espera, com instruções para se ativarem assim que alguém chegasse na instalação — disse Miki. Hirune se remexeu, murmurando, e Miki respondeu: — Fique tranquila, Hirune. Está tudo bem.

Bem, sim, eu já tinha pensado nessa possibilidade.

— Eu não estou entendendo — disse Abene. — Se Wilken e Gerth foram enviadas para nos matar, qual era a necessidade dos robôs de combate? Obviamente, GrayCris queria impedir a avaliação, mas isso é...

— Espere — disse, e parei.

Precisava fazer uma avaliação rápida do meu vídeo para provar ou refutar essa teoria, e havia um limite para a quantidade de coisas que eu conseguia fazer enquanto andava e fazia varreduras à procura de hostis sem um SysCentral ou um SysSeg para me ajudar. Deixei Miki olhar meu feed enquanto começava a análise e estava vagamente consciente de que ele estava explicando para Abene o que eu estava fazendo.

Eu me conectei ao drone e disse para abrir seus registros e compilar um histórico de comandos de ativação, modos de espera e ciclos de hibernação. Então, peguei minha cópia do vídeo de Miki do primeiro ataque, quando Hirune fora capturada, e fiz uma avaliação rápida, junto do meu vídeo do segundo ataque, quando o robô de combate tinha atacado Wilken. Terminei de ver tudo e então verifiquei o histórico que o drone tinha enviado. (Era muito bom trabalhar com um drone tão avançado assim.)

— Os robôs de combate e os drones não foram mandados para cá por sua causa — relatei a Abene. — Eram parte da instalação desde o princípio. A estação de trânsito ainda estava sendo construída naquela época, e não afastaria saqueadores em potencial. GrayCris não teria chamado outra empresa para ajudar, já que estava tentando esconder o fato de que estava construindo uma plataforma de mineração ilegal disfarçada de instalação de terraformação.

E os robôs provavelmente não estavam ali só para afastar saqueadores, mas também para manter os trabalhadores humanos na linha.

— Os robôs de combate e os drones estavam em modo de hibernação desde que a instalação fora abandonada. Foram ativados quando sua nave atracou — continuei. — A análise sugere que Wilken e Gerth foram surpreendidas pela existência deles.

Uma análise feita por um bot não teria captado isso, mas sou melhor em interpretar expressões e vozes humanas. (As partes orgânicas na minha cabeça são úteis para isso, e é claro que era bem mais fácil fazer esse tipo de leitura com um vídeo gravado, quando podia pausar a imagem e dar zoom, e não em tempo real enquanto me causava ansiedade.)

— Acho que Wilken de fato acreditava que eram saqueadores que tinham nos atacado e levado Hirune, até ela ver o robô de combate no segundo ataque — conclui. — Existe uma boa chance de GrayCris não ter contado a ela e Gerth sobre os robôs de combate, na esperança de que os robôs eliminariam as duas.

O que amarraria qualquer ponta solta.

Eu me perguntei como Wilken se sentia sobre isso. Com certeza não a tinha feito hesitar em completar a missão. Ela achou que eu seria destruído pelos robôs de combate; tivera intenção de matar Abene e Miki. Ela tinha acreditado que sairia dessa e recolheria seu pagamento.

Abene respirou fundo, frustrada e com raiva.

— Você acha que podemos usar isso contra Gerth? — perguntou ela. — Dizer que GrayCris tentou matar as duas e que deveriam testemunhar sobre o que aconteceu. Ou usar Wilken como refém...

Abene balançou a cabeça, mordendo o lábio. Ela estava pensando estrategicamente, o que era sempre um alívio, e fazendo perguntas em vez de me dar ordens idiotas. Eu não precisava mais seguir ordens, mas isso não as tornava menos irritantes.

— Nossa única vantagem nesse momento é que Gerth não sabe que Wilken foi descoberta — falei.

O drone relatou que ainda não havia atividade nas escotilhas, o que significava que os robôs tinham pegado outro corredor, ou então estavam tentando recuperar controle dos elevadores. Instruí o drone a vir até nossa posição. (Quando chegou em Wilken, mandei que ficasse parado na frente do rosto dela por 26 segundos. Ok, eu de fato estava com um pouco de raiva.)

Abene estava olhando para mim outra vez. Consegui ver pela visão da câmera de Miki.

— Gerth deve estar esperando algum sinal de Wilken para atacar as pessoas da nave, imagino — disse ela. — Eu deveria tentar entrar em contato com Kader. Consigo estabelecer uma conexão segura com ele.

— Tem certeza de que ele não vai dizer em voz alta "ei pessoal, Don Abene me sinalizou no feed" antes que você possa instrui-lo a não fazer isso?

Esse é um problema frequente com humanos.

Abene começou a falar, hesitou, e então balançou a cabeça.

— Talvez, talvez. Mas precisamos descobrir o que está acontecendo a bordo da nave.

— Vibol não fala tão rápido — disse Miki. — Talvez devêssemos ligar para ela.

Mandei um aviso no feed para Abene e Miki logo antes do drone passar por nosso grupo em modo silencioso; estava mandando ele na frente para servir de sentinela. Abene ainda assim estremeceu, e depois ficou encarando. No entanto, ela estava certa sobre a nave. Se tivéssemos informações do que estava acontecendo a bordo, isso nos ajudaria a montar um plano. Além do mais, Abene e Miki parariam de perguntar sobre a nave, o que seria um bônus excelente naquele instante. (Eu me esquecera de como era estressante ser uma UniSeg.)

— A nave não tem nenhum equipamento de segurança interno? Nenhuma câmera? Nenhum outro bot, mesmo que esteja inativo no momento? — perguntei.

— Não. — Abene afastou o cabelo do rosto, frustrada, mas pensando. — Nunca precisamos disso. Os trajes de emergência têm câmeras nos capacetes, mas estão guardados nos armários.

— Don Abene, existem dois trajes de emergência na cabine de comando — disse Miki. — Tenho os endereços diretos de seus comunicadores.

Abene se virou para mim.

— Consegue ativar os comunicadores daqui?

Eu provavelmente conseguiria. Só que tanto se Gerth tivesse matado os outros quanto se ainda estivesse esperando por um sinal de Wilken, não fazia diferença. Precisávamos tirar Gerth da nave.

Precisávamos tirar todo mundo da nave.

Eu estava tendo uma ideia. Provavelmente era uma péssima ideia. (Quando a maior parte do seu treinamento em pensamento estratégico vem de seriados de aventura, isso costuma acontecer.)

— Precisamos voltar para o setor geológico — falei.

6

AGORA QUE EU SABIA PARA onde estávamos indo, era muito mais fácil chegar até lá. Fomos até o entroncamento de elevadores mais próximo, e passei um minuto isolando cuidadosamente meu elevador protegido do restante do sistema, deixando suas ações invisíveis aos outros elevadores. (Parece uma coisa óbvia a ser feita, mas o problema é que, se os outros elevadores não conseguem enxergar seu elevador, podem tentar ocupar o espaço onde ele está. Isso é tão catastrófico para seus ocupantes quanto parece.)

Enviei meu drone primeiro pelo elevador, só para me certificar de que não havia ninguém esperando por nós do lado de fora do setor geológico, e depois segui com Miki, Abene e Hirune. Chegamos ao polo central do setor geológico, passando embaixo da abóbada transparente com as nuvens de tempestade rodopiando acima. Selei e usei um código para trancar todas as portas, o que, admito, só fiz para que os humanos se sentissem melhor. Os robôs de combate poderiam explodir uma porta se realmente quisessem, especialmente com três deles concentrados em uma única escotilha. Eu estava torcendo para que estivessem planejando nos encurralar a caminho da nave, o que também não era um bom cenário, mas ao menos nos daria um tempo. Enviei o drone para patrulhar os corredores de acesso que levavam à nave para ver se conseguia localizar o ponto da emboscada dos robôs.

(Eu não achava que os robôs usariam os elevadores mesmo se conseguissem recuperar controle do sistema, já que estariam em alerta para o tipo de coisa que UniSegs conseguem fazer. Mesmo assim, mandei meu elevador invisível ficar zanzando aleatoriamente pela instalação. Não custava tentar.)

Enfim, o Primeiro Passo para podermos voltar à nave era tirar Gerth de lá.

Ocorreu a mim que eu poderia fazer isso mais rápido se tivesse ajuda. Miki tinha deixado Hirune semiconsciente em uma das cadeiras acolchoadas do painel de controle, e Abene vasculhava o kit de emergência que pegara do cinto.

— Vou tentar estabelecer uma conexão com o feed da nave através dos comunicadores dos trajes na cabine de comando, mas preciso que vocês ativem essa estação de controle — falei. — Podemos usar as escavadeiras que ainda estão acopladas à instalação contra os robôs de combate.

Não era exatamente isso que eu pretendia fazer com as escavadeiras, mas não queria começar uma discussão.

Abene assentiu, compreendendo, e colocou os tabletes medicinais para concussão e choque na mão boa de Miki.

— Miki, por favor, cuide de Hirune enquanto eu foco na estação de controle. — Então, ela olhou para mim e disse: — Você está sangrando.

Olhei para baixo. Estava gotejando no chão, uma mistura de sangue e fluidos. Odeio quando começo a vazar. Minhas veias selam automaticamente e alguns dos estilhaços tinham caído, mas o projétil na lateral do corpo se movera, abrindo a ferida outra vez. Com cautela, aumentei os sensores de dor para verificar: ah, é, foi isso mesmo que aconteceu. Ai.

— Você foi atingido? — perguntou Abene.

Ela deu um passo na minha direção, esticando a mão para afastar minha jaqueta.

Dei um pulo para trás. Ela parou, sobressaltada. Miki se virou, os sensores visuais focados em mim. Verifiquei a câmera dele e vi meu rosto. Achei que tinha ficado bom em controlar minhas expressões, mas aparentemente isso só era verdade quando eu não estava sentindo emoções de verdade. Em nossa conexão do feed, Miki disse: *Abene não vai machucar você, UniSeg.*

Abene ergueu a mão com a palma vazia à mostra, em um gesto que normalmente significava "não atire", exceto que ela não estava com medo, estava sendo pragmática.

— Sinto muito, mas você precisa de tratamento — disse ela. — Prefere que Miki ajude?

— Eu não... — comecei, e então parei porque não tinha uma forma de terminar aquela frase. Eu precisava de ajuda. Eu não queria que ninguém tocasse em mim. Aquelas eram declarações mutuamente excludentes.

Abene esperou, me observando.

— Miki, pode deixar Hirune um instante? — disse ela.

— Estou bem — disse Hirune, rouca. Estava piscando e segurando um bulbo de solução isotônica do kit de emergência. — Tudo certo.

— Ótimo — disse Abene. — Vou trabalhar no painel de controle. Miki, venha aqui e ajude Rin.

Ainda me observando, ela estendeu o kit de emergência e Miki se aproximou para pegá-lo.

Enquanto Abene se afastava até o console, Miki disse:

— Por favor, erga o braço esquerdo e levante a camiseta, UniSeg.

Precisei remover a arma de projéteis de Wilken e o cinto para fazer isso. Deixei as coisas em cima da cadeira da estação atrás de mim, porque seria uma ação normal de UniSeg, e eu precisava parecer normal. Estava dedicando muita atenção à resposta que precisava dar a Abene. Decidi que uma correção simples seria a melhor solução.

— Eu não sou Rin. Rin é...

Abene estava ligando a estação de controle das escavadeiras. Ela respondeu sem olhar para mim, enquanto examinava a interface do console no feed.

— Sim, Rin é a pessoa responsável por sua supervisão. Desculpe.

Miki escaneou meu corpo e enviou os resultados no meu feed. Caramba, tinha uns pedações de metal enfiados em mim. Miki estendeu uma pinça secundária do torso e a usou para segurar o kit emergência enquanto empunhava a sonda extratora com a mão boa. *Não preciso de um bloqueador de nervos*, avisei a Miki no feed. *Consigo reduzir os sensores de dor.*

Isso deve ser útil. Miki cutucou a lateral do meu corpo com a sonda. *Eu não tenho sensores de dor, mas aí não sinto dor.*

Era uma das diferenças entre robôs e UniSegs. Eu conversara com TED sobre as outras diferenças uma vez. Como não podíamos confiar uns nos outros por causa das ordens que os humanos podiam dar. E TED tinha dito: *Não temos humanos aqui agora.*

Bem, agora havia humanos. Eu perguntei: *Miki, você contou a Don Abene que Rin não existe, e que sou só eu?*

Contei, respondeu Miki. Ele encontrou o projétil e cuidadosamente o retirou. *Contei a ela quando o primeiro robô de combate atacou Wilken, quando ela me perguntou se eu sabia se você estava dizendo a verdade.* Então, acrescentou: *Eu disse a ela porque queria, não porque eu precisava.*

Eu tinha certeza que Miki acreditava nisso. *Por que ela acha que eu menti sobre isso?*

Ela acha que é porque é ilegal contratar UniSegs na jurisdição onde SondaBoaNoite Independente opera. Miki terminou de aplicar o adesivo selante no ferimento e seguiu para o segundo projétil. *Ela disse que alguém que trabalha para SondaBoaNoite Independente deve ter mandado você para cá, mas não quer que saibamos quem foi. Ela disse que não importava, já que mandaram você para nos ajudar.*

Abene estava usando o console para ativar a interface de cada escavadeira. Eu precisava começar a tentar descobrir o que estava acontecendo na nave.

Era complicado já que queria continuar bloqueando o comunicador de Abene e Miki, para que Gerth ou qualquer outra coisa que estivesse perambulando pelas instalações com intenções assassinas não pudesse usar o sinal para rastrear nossa localização. No entanto, Miki ter os endereços diretos dos dois trajes na cabine era de muita ajuda. O feed da nave ainda estava ativo, e consegui me esgueirar e me conectar ao primeiro traje. Depois de fuçar um pouco, consegui que ativasse o comunicador.

Escutei Kader primeiro, pedindo por um relatório da condição de Ejiro. Brais respondeu, dizendo que o SysMed tinha colocado Ejiro em recuperação. Vibol disse algo no fundo que o microfone não captou direito. Então, ouvi Gerth perguntar:

— Alguma resposta da estação?

— Ainda não — respondeu Kader, soando frustrado. — Só pode ser a interferência da tempestade.

Vibol falou outra vez, ainda soando abafado.

— Não, precisamos ficar aqui até obtermos contato — respondeu Gerth.

Ok, então. Ela parecia calma, segura e confiável, mas eu tinha bastante certeza de que uma análise de voz mostraria a tensão escondida.

Saí da conexão e a deixei operando ao fundo. Abene estava com o display da estação em modo visível, flutuando acima da superfície do console, mostrando as telas de controle das escavadeiras.

— Pronto — murmurou ela. — Todas as escavadeiras estão sendo acionadas. Vai demorar alguns minutos. Espero que possa controlá-las, parece que todos os procedimentos foram deletados da memória.

Miki estava tirando estilhaços das minhas costas agora.

— O resto da equipe não foi machucada e Gerth ainda está agindo como consultora de segurança — falei. — Ela não quer deixar ninguém sair da nave para procurar vocês. Estão tendo problemas para pedir ajuda à estação.

Abene ergueu o olhar, franzindo o cenho.

— Que problemas? Estávamos em contato com a estação quando chegamos. Não deveria...

Perdi o restante da frase porque meu drone enviou um relatório. Tinha chegado à sala de descontaminação e estava com a escotilha da nave dentro alcance de seu sensor, e não tinha encontrado nenhum sinal dos robôs de combate.

— Eles não estão lá — falei em voz alta.

— Quê? — Abene se levantou do console, alarmada. — Quem?

— Os robôs de combate. O drone não encontrou nenhum deles na rota até a nave.

Eu estava repassando tudo que o drone me mandara: as varreduras, os dados visuais e de áudio. O sensor do drone era bem melhor do que o meu e tinha rastreado toda a rota, verificando os lugares possíveis para uma emboscada.

Comparando com o diagrama, não conseguia ver nada que pudesse ter passado despercebido.

— Não estão lá — repeti.

Enviei o vídeo do drone através da nossa conexão protegida no feed.

Miki inclinou a cabeça enquanto analisava o vídeo. Abene lançou um olhar preocupado para Hirune.

— Então devem estar aqui, perto desse setor, tentando nos encurralar — disse ela.

Talvez. Localizei meu elevador invisível desvairado e pedi para ir ao entroncamento de elevadores mais próximo do drone, e ordenei ao drone que pegasse o elevador até o entroncamento do lado de fora do setor geológico. No minuto seguinte, o drone estava nos corredores de acesso do lado de fora das escotilhas que eu tinha selado, fazendo a varredura. Observei o drone gravar corredores e entroncamentos vazios. Nada. Os robôs não estavam preparando uma armadilha para nós no caminho até a nave nem estavam do lado de fora do setor geológico.

Minha estratégia em potencial não tinha sofrido uma falha catastrófica nem nada, mas alguma coisa estava faltando.

Bom, essa não era uma boa hora para entrar em pânico. Voltei ao meu primeiro contato com o drone, reavaliei as informações que recebera dele antes de ser expulso da rede dos robôs de combate. Ali estava o registro do terceiro robô de combate. Estava marcado como "ativo fora de alcance".

Eu presumira que estava fora de alcance porque estava indo até onde a nave estava atracada, para preparar uma armadilha para quando tentássemos recuar, mas eu não tinha certeza disso.

Voltei mais um pouco. Wilken e Gerth tinham sido mandadas para cá no lugar da segurança contratada pela SI para impedir/matar a equipe de avaliação. Então por que não tinham agido no instante em que chegaram na estação de trânsito? Com tão poucas pessoas presentes, não teria sido difícil. Precisariam de um plano de fuga se agissem na estação, mas precisavam de um plano de fuga ainda melhor aqui na instalação. A nave da equipe não era capaz de atravessar um buraco de minhoca. Precisariam voltar à estação de trânsito, matar os funcionários da Autoridade Portuária, que possivelmente fariam muitas perguntas sobre o que tinha acontecido ao restante da equipe de avaliação, e depois roubar uma nave capaz de atravessar um buraco de minhoca. (De preferência uma nave que não fosse pilotada por um bot que resistisse vigorosamente a ser roubado.) Isso parecia um trabalhão, especialmente considerando que havia robôs de combate na instalação, prontos para destruir invasores. Então por que GrayCris tinha contratado outras pessoas?

A resposta óbvia era que Wilken e Gerth não estavam ali para matar a equipe, mas sim porque precisavam entrar na instalação de terraformação para recuperar alguma outra coisa, fossem dados ou algum objeto físico. Porém, não tinham feito nenhuma movimentação para recuperar nada. Eu tinha certeza de que Wilken se surpreendera com o ataque do robô de combate, minha análise não estava errada. Será que Wilken e Gerth não tinham sido enviadas por GrayCris, e havia outra entidade corporativa ou política em jogo?

Eu precisava de ajuda. Estava agitado, ainda vazando um pouco, e não tinha conseguido assistir a nenhuma mídia pelo que parecia ser uma eternidade. Em um ato de desespero, organizei todas as minhas teorias em um diagrama que esquematizava as hipóteses possíveis e as conclusões resultantes, e joguei no feed para Abene e Miki analisarem.

Abene deu um gemido, assustada com a imagem gigantesca que pulou no feed dela. Então, seu rosto ficou imóvel enquanto analisava o diagrama. Miki passou o selante de feridas na última laceração nas minhas costas e depois entrou em modo de análise. Hirune, ainda atordoada, nos observava com uma expressão confusa.

No feed, Abene destacou uma das hipóteses e a afastou. Ela disse: *Se presumirmos que Wilken e Gerth foram mandadas por GrayCris, então não estão aqui para recuperar nada. GrayCris teve oportunidade de retirar tudo o que quis quando abandonou a instalação.* Ela hesitou, a atenção passando de uma hipótese para outra. *Acho que precisamos nos perguntar: o que GrayCris quer?*

Aquela era fácil. Respondi: *Destruir a instalação. Se SondaBoaNoite Independente não tivesse instalado o raio de tração, a instalação já teria desmoronado no planeta.*

Abene franziu o cenho enquanto olhava os quadrados listando possíveis cenários de fuga e os problemas com cada um deles. *Então por que Wilken e Gerth não foram enviadas para destruir o raio de tração? Na verdade, talvez tenham sido.*

Em voz alta, Miki disse:

— Wilken alterou o display na armadura do antebraço direito para mostrar o horário local da instalação.

Miki mandou uma imagem pelo feed: Wilken ajustando o display na armadura. A imagem fora capturada quando pedi a Miki que olhasse enquanto as duas consultoras de segurança guardavam o equipamento, quando a nave estava se preparando para zarpar da estação de trânsito.

— Ela consultou o relógio aproximadamente 57 vezes durante nossa caminhada pela instalação, até tentar machucar Don Abene.

Eu não tinha notado, mas, quando repassei um pedaço do meu vídeo, vi que era verdade.

— Wilken sabia que alguma coisa ia acontecer com a instalação e aproximadamente quando ia acontecer — disse Abene, lentamente. — Ela só poderia esperar até um certo horário antes de precisar voltar para a nave. Quando teve a oportunidade, enviou você para ser morto pelos robôs de combate e tentou matar Miki e eu. Ela ia dizer aos outros que era melhor desistir e forçá-los a voltar à estação de trânsito...

O comportamento dos robôs de combate estava começando a fazer sentido. Se também estivessem esperando por alguma coisa, explicava o motivo de terem sequestrado Hirune. Eles tinham designado um robô para nos atrapalhar. Para atacar, pegar um prisioneiro, recuar, atacar outra vez. Eu o destruíra quando ele atacara Wilken, mas os outros três não tinham vindo correndo atrás de nós. Dois estavam no setor de engenharia, e outro estava fora de alcance, fazendo o quê?

Abene respirou fundo.

— Tem que ser por causa do raio de tração — disse ela. — Não existe outro benefício real para GrayCris. — No feed, ela descartou os quadrados relacionados a um possível agente de GrayCris posicionado na estação de trânsito. — Sabemos por causa do drone que não havia ninguém controlando os robôs de combate, e ninguém a bordo da estação de trânsito enviando ordens. Eles faziam parte do equipamento original e tinham o propósito de defender a instalação até que ela desmoronasse naturalmente no planeta, apagando as evidências de que era uma operação de mineração ilegal. Wilken e Gerth não sabiam sobre os robôs e não foram enviadas para nos matar, porque nos matar não é o objetivo. O objetivo é deixar que a instalação seja destruída como planejado. A coisa que impede a instalação de ser destruída é o raio de tração. Portanto, Wilken e Gerth foram mandadas para cá para fazer alguma coisa e achavam que a única consequência dessa coisa era que o raio de tração ia falhar, e seríamos forçados a sair da instalação. Todos voltaríamos à estação de trânsito, e elas partiriam na próxima nave de suprimentos, sem ninguém saber o que houve. — Ela saiu do feed e se virou para mim. — Mas o que poderiam ter feito? Estavam conosco esse tempo todo.

Eu achava que ela estava certa, e só havia uma coisa que poderiam ter feito sem que eu ou alguém do time notasse.

— Enviar um sinal criptografado — respondi.

Enviaram pelo comunicador, e não pelo feed. Com toda a interferência da tempestade, e, mais importante ainda, o fato de que eu não estava procurando, acabou que não notei nada.

— Sim, sim. — Abene ergueu as sobrancelhas. — Mas para quem? Os robôs de combate? Existe alguma arma ou uma forma de os robôs destruírem o raio daqui?

Ela se virou para olhar para os outros consoles.

Verifiquei minha conexão com o áudio da nave outra vez. Kader estava tentando convencer Gerth a entrar na instalação para nos buscar e tinha o apoio de Brais e Vibol. Não havia menção a um problema no raio de tração. Com certeza estavam monitorando isso. Gerth estava rebatendo, dizendo que deviam esperar como tinha sido combinado. Voltei o áudio mais um pouco. Ela queria que esperassem mais trinta minutos. O display do console enviou um *ping* no feed, indicando que as escavadeiras estavam finalmente ativas e aguardando ordens. Enviei o áudio da nave para Abene e Miki e me sentei na estação de controle das escavadeiras. Seja lá o que fosse acontecer, aconteceria em breve.

Enviei as primeiras ordens às três escavadeiras.

— Precisamos de sensores — disse Abene para Miki. — Verifique todos os controles. Qualquer equipamento aqui estará apontado para a superfície, mas podemos tentar redirecionar...

Eu deixei todos os canais minimizados, exceto o das escavadoras. Abene obviamente ainda estava interessada em salvar a instalação, mas minha prioridade era sair dela antes que se soltasse na atmosfera.

As três escavadeiras saíram de seus encaixes e começaram a andar lá fora, na parte inferior do setor geológico. Os braços múltiplos agarravam a superfície de forma segura enquanto se moviam, e as câmeras me davam uma visão estonteante da tempestade. Não tinham mais os núcleos de memória com os protocolos de mineração, mas não precisariam disso para o que eu precisava que fizessem.

Abene tinha ligado outro console e os dados apareceram na superfície de display enquanto Miki se inclinava sobre ele. Hirune ficou em pé e mancou até eles, apoiando-se no encosto de uma cadeira.

Precisei copiar uma parte do código especializado do console, mas, com isso feito, passei a conseguir controlar as três escavadeiras pelo feed. Adicionei-as a mais um canal no meu cérebro sobrecarregado e fiquei em pé. Ah, ai, ok. Sem os protocolos, controlar as escavadeiras era complicado. Eu basicamente precisava dirigir as três simultaneamente. Mantendo a voz neutra e paciente, falei:

— Precisamos ir. Vocês têm seis minutos.

Abene gesticulou com a mão.

— Estamos quase conseguindo.

Eu lembrei a mim mesmo que ainda estava fingindo ser uma UniSeg contratada e coloquei a contagem regressiva no feed sem nenhum comentário adicional. Então, peguei a arma de Wilken e o cinto e fiquei esperando ao lado da escotilha.

Hirune olhou em volta, pegou o kit de emergência onde Miki o deixara e veio mancando na minha direção. Os passos eram incertos e ela claramente ainda estava meio atordoada, mas, depois ter sido capturada por um robô de combate, ela obviamente estava pronta para dar aquele dia por encerrado.

Abene ficou em pé.

— Isso, pronto! Copie essa trajetória, Miki.

Miki confirmou a ordem e veio com Abene até a porta.

— Algum tipo de estrutura foi lançada do setor de engenharia e está indo em direção ao raio de tração. O último robô de combate deve estar a bordo, com a missão de destruir o raio. As ordens deviam estar na transmissão criptografada que Wilken e Gerth enviaram.

Que ótimo! E vou me importar com a porra do raio de tração quando nós estivermos na porra da nave! Observando minha própria contagem regressiva, puxei três canais à frente: meu drone, Miki e as escavadeiras. Não, calma, eu precisava da minha própria câmera também. Quatro canais.

Ah, e o áudio do traje na nave. Cinco canais. Eu mandei o drone fazer uma checagem rápida do salão e do acesso ao entroncamento do elevador, para garantir que o caminho estivesse limpo.

— Precisamos ir rápido — falei. — Não sabemos onde os outros robôs de combate estão.

Abene assentiu e segurou o braço de Hirune.

— Para onde estamos indo? — sussurrou Hirune.

Abene fez um gesto para ela se calar.

— Vamos voltar para a nave. Está tudo bem.

Miki deu um tapinha no ombro de Hirune.

Apertei o botão para destravar a escotilha e saí. A caminhada rápida até o entroncamento do elevador fez com que cada nervo da minha pele humana formigasse. O drone ia na frente, fazendo uma varredura, mas, de forma irracional, eu ainda esperava que os robôs pulassem de algum canto para nos atacar.

Chegamos ao entroncamento e enviei o drone na frente com o elevador invisível. Abene e Miki conversavam no feed, ocasionalmente fazendo comentários tranquilizantes para Hirune. Poderiam estar planejando me destruir e vender os pedaços e mesmo assim eu não teria como prestar a mínima atenção. Do lado de fora, as escavadeiras se aproximavam da curva do setor geológico. Precisariam seguir a calha entre o setor geológico e o habitacional para evitar que fossem vistas pela nave.

O elevador chegou ao entroncamento mais próximo à área de atracagem e o drone voou para fora. Mandei que fizesse uma checagem rápida, indo e voltando pelo acesso e passando pela sala de descontaminação até obter o visual da escotilha da nave. A varredura estava limpa, e falei para o drone voltar para o entroncamento do elevador e nos esperar.

O elevador voltou e guiei os humanos para dentro dele. (E Miki também, mas, naquele momento, eu preferia classificá-lo junto dos humanos.) Mandei as escavadeiras acelerarem. Queria que passássemos o menor tempo possível no corredor de acesso até a nave. Se os robôs de combate decidissem que estávamos colocando a missão em risco, viriam atrás de nós e sabiam que poderiam nos pegar ali. Enquanto eu acionava o elevador, mandei o vídeo das escavadeiras para Abene, para que ela tivesse uma ideia do que a nave estava prestes a ver, e então falei:

— Quando eu desbloquear seu feed, conecte-se a Kader e diga a ele para tirar todo mundo da nave.

— Certo. — Ela assentiu com força e apertou a mão de Hirune, e então conectou-se ao feed de Miki.

O elevador chegou ao entroncamento e saí assim que as portas se abriram. Fui até a sala de descontaminação, com os humanos logo atrás de mim, e fiz as escavadeiras passarem pela curva do setor habitacional, indo direto para a nave.

A bordo, através da conexão com os trajes de emergência, ouvi Vibol dizer algo em uma língua que não estava disponível nas minhas configurações, e logo depois Kader disse:

— Tem alguma coisa se aproximando, algo não identificado está se aproximando...

Mais distante, de algum lugar abaixo da cabine de comando, Gerth gritou:

— Quê? De qual direção?

Liberei o feed de Abene e disse a ela: *Agora.*

Ela abriu uma conexão particular com Kader e falou: *Kader, me escute. Não faça perguntas e não diga a ninguém que estou falando com você. Precisa tirar todo mundo da nave e vir para a instalação agora, imediatamente. Faça o que for necessário, finja estar em pânico, mas tire todos daí. Suas vidas dependem disso.*

Através do feed de Abene, ouvi Kader enviar um alerta de evacuação imediata que ressoou no feed de todo mundo e no comunicador da nave. Gerth estava subindo até a cabine e rosnou:

— Pare, pare agor...

Achei que ela poderia tentar encurralar Kader e Vibol na cabine e estaríamos em uma situação com reféns novamente. Só que Kader, que deve ter levado o conselho de "finja estar em pânico" muito a sério, enviou no feed o vídeo da câmera frontal da nave com as escavadeiras se aproximando e começou a gritar para todo mundo sair.

Cheguei no corredor e enxerguei a doca bem quando a escotilha da nave se abriu. Brais cambaleou para fora, um Ejiro semiconsciente apoiado nela. Miki correu para ajudá-los, Abene ficou para trás com Hirune, e eu os segui.

Mandei uma escavadeira se soltar da superfície da instalação e saltar em direção ao focinho da nave, de onde o sensor dianteiro teria uma visão incomparável. Abene estava no feed de Kader, mas, sem câmeras, não recebi nada exceto um emaranhado confuso de reações.

(Descobri depois, pela câmera na armadura de Gerth, que a visão repentina de algo grande atacando a nave fez com que ela pulasse para trás e caísse da cabine de comando. Vibol, interpretrando a performance de Kader como evidência de que a nave estava prestes a ser destruída, colocou o amigo embaixo do braço e mergulhou por cima de Gerth, usando a gravidade mais fraca do acesso para não bater com tudo no anteparo. Quando pousaram no chão do corredor, cambalearam na gravidade mais forte, tropeçaram e foram correndo até a escotilha.)

Enfim, Kader e Vibol se atiraram pela escotilha, e Gerth, com sua armadura energética, saiu logo depois. Eu estava escondido atrás da porta da escotilha, então tudo que Gerth viu foram os outros, confusos e em pânico, com Abene e Hirune, e Miki com uma única mão sustentando Ejiro.

Escaneei a armadura dela e encontrei o código certo. (Era um processo bem mais rápido agora que eu sabia onde procurar.) Assim que ela ergueu a arma de projéteis, enviei o comando.

A armadura congelou, e dei um passo para o lado, revelando minha presença. A expressão no rosto dela quando percebeu o que tinha acontecido foi gratificante. Se tivesse consultado seu sensor, teria me detectado do lado de fora da escotilha, mas, mesmo com o feed e as modificações, humanos só conseguem pensar em uma coisa de cada vez.

— Agora precisamos todos voltar para a nave! — declarou Abene.

Os outros exigiram respostas e ela explicou rapidamente enquanto os empurrava em direção à escotilha. Parei de prestar atenção para verificar todos os meus outros canais. Sem ordens, as escavadeiras tinham parado e entrado em hibernação. Duas ainda estavam na superfície do setor habitacional, e aquela que saltara em direção à nave tinha pousado no setor atmosférico. Então, verifiquei o drone, que eu deixara no entroncamento do elevador para ficar de olho na nossa retaguarda.

Ele começou a responder fazendo uma varredura da área e então a transmissão foi interrompida abruptamente. Senti a conexão sumir, o drone se apagando como uma luz.

— Abene, Miki, os robôs! — gritei.

Atravessei a doca, pegando a arma de projéteis de Wilken das minhas costas.

— Todos a bordo, agora! — berrou Abene.

Cheguei na entrada e comecei a pegar os explosivos do cinto de Wilken, ativá-los e então jogá-los no corredor. Eu ainda estava com a câmera de Miki aberta em um dos canais e a minimizei, mas estava vagamente ciente de que os humanos estavam se apressando, ajudando Ejiro e Hirune a passarem pela escotilha, e Abene estava dizendo a Miki para pegar Gerth e levá-la para dentro. Foi mais ou menos nessa hora que o robô de combate apareceu na esquina e os primeiros explosivos foram acionados.

Disparei três projéteis, só para fazer o robô pensar que eu iria ficar parado lá como um imbecil atirando nele, e então corri de volta pela doca. Os explosivos no corredor atrasaram o robô por tempo o suficiente para os humanos e Miki carregarem Gerth para dentro e liberarem a entrada. Eu me joguei para dentro dela e apertei o botão de fechamento de emergência. As duas portas se fecharam com força.

Finalmente eu tinha conseguido trazer esse bando de gente de volta para dentro da porra da nave.

O robô de combate bateu na escotilha externa com tanta força que pareceu que tínhamos sido atingidos por outra nave pequena. Enviei para Abene: *Precisamos ir.*

As travas se soltaram e a nave se distanciou da doca. Verifiquei a visão da câmera da escotilha externa e vi o robô de combate parado na saída da doca, segurando-se nas laterais enquanto a câmara passava por descompressão. Havia um segundo robô atrás dele. Miki parou ao meu lado, e compartilhei a imagem pela nossa conexão no feed.

— Aqueles robôs eram malvados, UniSeg — disse Miki.

Eu estava perdendo contato conforme nos distanciávamos, mas uma das escavadeiras estava perto o bastante da doca, recolhida em modo de hibernação. Enviei uma última ordem e a escavadeira usou seu braço enorme para arremessar o primeiro robô de onde estava e esmagá-lo.

— Ai — Miki comentou. *UniSeg, por que não fala mais comigo no feed?*

Miki sabia o motivo ou não teria me perguntado.

Eu passei por Miki e segui pelo corredor de acesso. No feed, Miki disse: *Eu só dedurei você porque foi necessário.*

Avancei pelo corredor em direção à área da tripulação. Miki pegou Gerth e me seguiu. Pelo áudio do comunicador, eu estivera monitorando Abene enquanto ela contava aos outros uma versão resumida do que tinha acontecido com Wilken, como eu salvara Hirune, como Wilken atirara na mão do pobrezinho do Miki, como eu salvara ela e Miki e todo o resto. Dane-se. Eu estava com os dados do setor geológico para mandar para a dra. Mensah, salvara os humanos idiotas de Miki e só queria sair dali. A nave estava se afastando da instalação, e eu conseguia sentir o feed da estação de trânsito só um pouco além do meu alcance.

Entrei na área da tripulação. Kader e Vibol estavam na cabine, mas os outros estavam ali embaixo, embora Ejiro e Hirune estivessem jogados nos assentos. Ejiro parecia zonzo, mas mais alerta do que Hirune, que provavelmente precisava ir para o SysMed. Miki deixou Gerth de pé, e todos a encararam por um segundo e depois olharam para mim.

Brais ficou em pé, encarando o display flutuante. Mostrava o raio de tração acima da instalação, visto de um dos sensores.

— Ali está. O objeto está indo em direção ao raio de tração.

A expressão de Abene era grave.

— Achamos que é um funicular do setor de engenharia. Um dos robôs de combate está a bordo.

— Don Abene, precisamos voltar para a estação de trânsito o mais rápido possível. Quando o raio de tração for interrompido, pode danificar a nave — afirmei.

Eu imaginei que sim. Não sei direito, mas soava correto.

No meu feed, Miki disse: *Eu nunca tinha falado com um robô como eu antes. Eu tenho amigos humanos, mas nunca tive um amigo como eu.*

Precisei morder a bochecha para conseguir manter minha expressão neutra de UniSeg. Eu queria bloquear o feed de Miki, mas precisava continuar a monitorá-lo para o caso de os humanos começarem a conspirar contra mim. (Eu sei, parece paranoia. Mas Miki e Abene sabiam que eu tinha inventado Especialista Rin, e eu precisava ir embora antes que contassem isso para um humano que soubesse exatamente o quanto aquilo não era um comportamento normal de uma UniSeg.)

No comunicador da cabine de comando, Kader disse:

— Precisamos decidir no próximo minuto, tem certeza disso?

Espera, quê? Repassei a gravação e escutei Brais dizendo:

— Podemos usar a nave para tirar o funicular da rota. Os nossos escudos vão proteger nosso casco...

— Mas o funicular não poderia dar a volta e tentar outra vez? — perguntou Ejiro, examinando o display.

Brais sacudiu a cabeça, ainda observando a rota estimada.

— Peguei as especificações desse modelo de funicular. Serve para manutenção da instalação e precisa de uma conexão ao feed do setor de engenharia para operar. Podemos empurrar a cápsula para fora de alcance, e daí ela vai perder qualquer controle de navegação.

Ah, que ótimo. Quanto tempo aquilo iria demorar?

Quando finalmente alcancei os acontecimentos do presente, eles já tinham decidido seguir esse plano, só estavam discutindo os detalhes.

Fiquei parado ali, observando as imagens brilhantes no display, enquanto Kader guiava a nave para mais perto do funicular. Confesso que assisti um pouquinho mais do episódio que eu tinha pausado enquanto isso tudo estava acontecendo. (Foram só seis minutos, mas foram uns seis minutos bem chatos, ok? Além do mais, Miki tinha ido ficar triste ao lado de Abene enquanto continuava me encarando, e eu estava ignorando ele de propósito. Abene achou que Miki estava triste por causa da mão destruída e ficou dando tapinhas nele e dizendo que eles consertariam o estrago assim que estivessem de volta na estação.)

(É muito bom não ter um estômago, porque assim eu não posso vomitar.)

Por fim, a nave empurrou o funicular para longe da rota, salvando o raio de tração e o investimento de SondaBoaNoite Independente com emocionantes 45 segundos de sobra, eba. Os humanos parabenizaram uns aos outros, e Abene e Brais ajudaram Hirune a andar até a unidade médica. Ainda havia um robô de combate na instalação, mas isso era problema de outra pessoa. Kaden alterou nossa rota para retornarmos à estação, e já estávamos perto o suficiente para eu enviar um *ping* para a Nave através do feed. A Nave reconheceu meu chamado, ainda estava esperando por mim. Isso era um alívio.

Então, ouvi uma batida na escotilha.

Não sou especialista em espaço nem nada, mas tinha bastante certeza que não era para ter nada batendo na escotilha. Poderia ter sido algum destroço do funicular, mas eu sabia, eu sabia que não era. Verifiquei a câmera da escotilha e recebi uma visão ampliada do rosto de um robô de combate.

A próxima conexão dominou o feed da estação, temporariamente apagando todos os meus canais: [*Objetivo: matar intrusos.*]

Ah, merda.

Bloqueei o robô do meu feed e gritei:

— Emergência! Violação iminente da trava!

Enviei as imagens da câmera da escotilha para Miki, e, através dele, para o feed do resto da equipe. Os humanos congelaram pelo que pareceu uma eternidade, e achei que não estavam acreditando em mim. Só que eu tinha me esquecido de como os humanos pareciam lentos quando eu estava totalmente focado no que estava fazendo. Kader acionou o alarme da nave e selou duas portas internas, posicionadas entre a escotilha externa e a área da tripulação. Ótimo, isso me daria um minuto, talvez dois.

— Todo mundo precisa subir para a cabine de comando — falei para Abene.

Havia outra porta lá, e talvez isso nos desse mais um minuto. Virei em direção ao compartimento logo abaixo de nós, onde Gerth e Wilken tinham guardado seus equipamentos.

Enquanto descia pelo acesso, escutei Abene gritando “Vai, vai, vai!” e eu sabia pelo feed da equipe que a nave estava indo na direção da estação e Vibol estava explicando resumidamente para a Autoridade Portuária que estávamos prestes a ser destroçados por um robô de combate.

(Francamente, não fazia ideia do que a segurança da estação poderia fazer sobre isso. Na verdade, tinha certeza de que a segurança da estação estava se cagando nas calças de medo quase tanto quanto eu, metaforicamente falando.)

A câmera externa prestativamente me mostrou a escotilha sendo arrancada, e então o feed estalou e morreu. O robô teria que lidar com a primeira porta interna agora. Cheguei ao compartimento e vi que Wilken e Gerth tinham deixado uma caixa fechada, fora as caixas vazias onde tinham trazido as armaduras, as armas grandes de projéteis, explosivos e munição. Abri a caixa restante e encontrei outro conjunto de explosivos pequenos, do tipo que é mais usado para passar por portas de segurança e escotilhas. Havia uma bolsa que parecia vazia e eu a agarrei, guardando lá os explosivos e munição extra para a arma que estava nas minhas costas. Não ajudaria em muita coisa já que eu duvidava que teria tempo de usar. Talvez eu devesse ter aproveitado esse tempo para encontrar uma boa posição, em vez ter descido ali na esperança de encontrar uma arma decente que arrebentasse um robô. Quando o assunto é embate entre robôs, pequenos erros como esse fazem com que você seja despedaçado.

No feed, escutei Abene e Brais erguendo Hirune até o acesso à cabine. Já tinham levantado Ejiro. No meu canal, Miki disse: *Rápido, rápido.* Abene dissera a Miki para trazer Gerth, e Miki a segurava. O robô de combate batia com força na porta da área de tripulação. Eu me endireitei e virei para o lado, e foi aí que vi os armários com equipamentos do time de avaliação.

Havia caixas e prateleiras cheias de ferramentas para testar ambientes e coletar amostras. Uma delas era uma extratora rotativa, feita para arrancar cilindros bonitos e redondos das paredes de pedras, que os humanos precisavam por alguma razão misteriosa. Era uma extensão feita para se conectar a uma coletora de amostras, mas provavelmente estava ali porque Miki era forte o suficiente para erguê-la e usá-la; era um tubo comprido que usava cortadores explosivos direcionados para extrair seções de um metro de comprimento.

Joguei a bolsa com a munição nas costas, peguei a extratora da prateleira, ativei a bateria e subi outra vez pelo acesso.

Voltei para a área da tripulação no instante em que Miki jogou Gerth dentro da cabine para cima de Abene e apertou o fecho manual da porta de segurança. A porta se fechou e Miki se virou. Falei para ele: *Miki, saia daqui! Vá se esconder no compartimento de carga!*

Não, Rin, disse Miki. *Eu vou ajudar você!*

No feed, Abene gritou para Miki ir para a cabine, que ela diria para Kader abrir a porta se ele entrasse, e Miki respondeu: *A prioridade é proteger meus amigos.*

Mudança de prioridade, ordenou Abene. *A prioridade é proteger a si mesmo.*

Mudança de prioridade rejeitada, informou Miki.

A extratora rotativa estava operante e acessou meu feed para me enviar um aviso curto e uma lista prática de instruções. Sim, eu queria desativar os protocolos de segurança, obrigado por perguntar.

Eu pretendia entregar a extratora para que Miki pudesse atacar o robô de combate enquanto eu o distraía. Só que o robô de combate explodiu a porta e, de repente, estava na área de tripulação conosco, e não havia tempo para montar um plano ou criar uma estratégia.

O robô sabia onde eu estava e se virou, tentando me alcançar enquanto eu erguia a extratora. Miki apoiou os pés na porta da cabine de comando e pegou impulso para saltar. Ele se atirou para o outro lado da sala, o corpo atravessando o display flutuante, indo em direção à cabeça do robô. Eu não sei se Miki estava tentando distrair o robô de combate ou se ele tinha me visto fazer um ataque semelhante contra o robô que atacara Wilken e estava tentando imitar a técnica. O ar escapou da cabine despressurizada, saindo pelo corredor de acesso e pela câmara de vácuo, e, quando Miki saltou, o fluxo ajudou na aceleração.

O robô detectou o movimento e me deu as costas, erguendo um braço para segurar Miki pelo torso. Aproveitei a chance e ataquei, enfiando a extratora rotativa na lateral dele, onde ficava o cérebro. Acionei a máquina. Não tive tempo para me preparar, e o coice dela me jogou para trás. Durante três segundos, vi tudo preto.

Estava deitado no chão, e tudo que eu conseguia ouvir no feed eram os humanos gritando na cabine, humanos gritando no comunicador com a Autoridade Portuária e o alerta de emergência da nave avisando a todos que o ar tinha sumido repentinamente devido à violação das travas. A extratora rotativa estava em cima de mim, e eu a empurrei para longe e me sentei. Eu sabia que, em algum momento, escutara Abene gritar, desesperada, mas não tinha certeza de quando tinha acontecido.

O robô de combate ainda estava em pé, mas imóvel, as articulações congeladas. A extratora tinha rasgado seu torso de um lado ao outro e extraído uma bonita amostra de blindagem de proteção e processadores do robô. O cilindro fora ejetado pela parte traseira da máquina e estava caído no chão. Percebi que aquilo tinha acertado a minha cabeça. Acho que, apesar das instruções, ainda estava segurando o equipamento da forma errada.

Miki estava caído na frente do robô, e alguma coisa parecia errada. Eu estava me levantando e tentando enxergar os danos de Miki quando congelei. Alguma coisa parecia errada, porque seu peito estava esmagado. O processador, a memória e tudo o que o fazia ser Miki estava amassado, destruído completamente por um único golpe da mão do robô de combate.

Fiquei só sentado no chão. A nave estava se aproximando da estação, e os humanos estavam conversando com a Autoridade Portuária pelo comunicador, ainda de dentro da cabine. Não podiam sair por causa da ausência de ar, e eu não tinha respondido às tentativas de contato pelo feed e pelo comunicador. Eu ainda estava compartilhando o visual da minha câmera com o feed da equipe, e eles tinham acompanhado a luta e o último momento de Miki do meu ponto de vista. Antes de interromper minha conexão com eles, escutei Abene chorando, Hirune tentando consolá-la e os outros murmurando chocados.

Eu também precisava de ar, embora não tanto quanto os humanos, e talvez a falta dele fosse a razão de eu estar tão lento e apático. Usei o feed da estação para chamar a Nave outra vez e disse para desatracar da estação e me buscar em um ponto de encontro. Sua anuência tranquila soou estranha, como se tudo estivesse normal e nenhum desastre tivesse acontecido.

Vibol me chamava de dentro da cabine, batendo à porta:

— UniSeg, você está aí? Por favor, responda!

Eu precisava sair dali. Fiquei em pé e percorri o corredor até o armário onde estavam os trajes de emergência. Vesti um traje protetivo completo, com propulsores manobráveis, e a lufada de ar que recebi quando selei o capacete me fez ficar mais alerta. Tomei o cuidado de deixar o armário aberto e soltar os outros trajes, para que, quando alguém notasse que um deles estava faltando, pensaria que tinha acontecido durante o ataque e que o traje fora sugado para fora junto com os outros destroços. Eu queria que pensassem que fora aquilo que tinha acontecido comigo, que eu tinha sido atirado no espaço em pedacinhos. Então, percorri o corredor até a escotilha arruinada e saltei para fora.

Eu nunca tinha usado um traje como aquele antes (normalmente, não deixam robôs-assassinos zanzarem pelo espaço sem supervisão), mas o feed interno de instruções foi muito útil. Quando a Nave chegou, consegui manobrar os propulsores para chegar na escotilha como se fosse um profissional.

Para a estação, pareceria que a Nave tinha feito uma pausa no trajeto para deixar a outra passar e atracar em segurança no lugar designado da Autoridade Portuária. Não achei que alguém vasculharia os sensores em busca de UniSegs fugitivas em trajes propulsores.

Assim que passei pela câmara de vácuo e fiz a Nave aumentar o sistema de ventilação, instruí que prosseguisse em sua rota costumeira pelo buraco de minhoca em direção à estação de HaveRatton. Tirei o traje e larguei-o junto com a arma de Wilken e a bolsa de munição. Eu me sentei no chão e comecei a verificar metodicamente todo o equipamento para garantir que não havia nenhum rastreador.

Abene tinha tentado mudar a prioridade de Miki para que salvasse a própria vida, e Miki tinha recusado. O que significava que ela permitira essa opção em sua programação, aquela habilidade de usar seu próprio julgamento em uma situação de crise. Miki decidira que sua prioridade era salvar seus humanos e talvez me salvar também. Ou talvez soubesse que não tinha como nos salvar, mas queria dar uma chance para eu tentar. Ou talvez não quisesse que eu enfrentasse o robô sozinho. Seja lá qual tenha sido seu motivo, eu jamais saberia.

O que eu sabia é que Abene amava Miki de verdade. Aquilo me doeu de formas inimagináveis.

Miki nunca poderia ser meu amigo, mas tinha sido amigo dela, e, ainda mais importante, ela tinha sido amiga dele. A reação instintiva de Abene em um momento de crise foi falar para Miki salvar a si mesmo.

Depois de checar os explosivos e a munição que tinha trazido, encontrei um fundo falso na bolsa. Lá dentro estavam diversos conjuntos de identidades e um chip de memória, maior e de uma marca diferente daqueles que eu guardara no meu braço. Eu me levantei e encontrei um leitor de dados no painel de carga.

Bem, isso era interessante.

Eu odeio me importar com as coisas. Só que depois que você começa, aparentemente, não dá para simplesmente parar.

Eu não iria só enviar os dados do setor geológico para a dra. Mensah. Eu iria entregá-los pessoalmente. Eu iria voltar.

Eu me deitei no chão da nave e comecei a assistir *Ascensão e queda do Santuário Lunar* desde o primeiro episódio.

TIPOGRAFIA: Rufina - texto
Uni Sans - entretítulos
PAPEL: Ivory Slim 65 g/m² - miolo
Cartão Supremo 250 g/m² - capa

IMPRESSÃO: Rettec Artes Gráficas e Editora
Outubro/2025